KB046651

성공한 인생

지은이 **아니 에르노**
1940년 출생. 1974년『빈 옷장』으로 등단했고 1984년『자리』로 르노도상을 수
상했다.『단순한 열정』『탐닉』『집착』『칼 같은 글쓰기』등을 발표했으며, 마르
그리트 뒤라스 상과 프랑수아 모리아크 상 등을 수상했다. 2011년『삶을 쓰다』
가 생존 작가로는 최초로 갈리마르 총서에 편입되었고, 2020년『카사노바 호
텔』을 출간했다. 2022년 노벨문학상을 수상했다.

옮긴이 **정혜용**
현재 번역출판기획네트워크 '사이에' 위원으로 활동하고 있다. 저서로『번역논
쟁』, 역서로『한 여자』『연푸른 꽃』『살아 있는 자를 수선하기』『나, 티투바, 세
일럼의 검은 마녀』『울고 웃는 마음』『카사노바 호텔』『그들의 말 혹은 침묵』
등이 있다.

문학동네 세계문학

집착

1판 1쇄 2005년 3월 24일 | 1판 3쇄 2010년 10월 4일
2판 1쇄 2022년 3월 18일 | 2판 3쇄 2022년 11월 7일

지은이 아니 에르노 | 옮긴이 정혜용
편집 황문정 김지연 김미정 오동규 | 디자인 고은이 이원경
저작권 박지영 형소진 이영은 김하림
마케팅 정민호 이숙재 박치우 한민아 이민경 안남영 왕지경 김수현 정경주
브랜딩 함유지 함근아 김희숙 고보미 박민재 박진희 정승민
제작 강신은 김동욱 임현식 | 제작처 천광인쇄사(인쇄) 경일제책사(제본)

펴낸곳 (주)문학동네 | 펴낸이 김소영
출판등록 1993년 10월 22일 제2003-000045호
주소 10881 경기도 파주시 회동길 210
전자우편 editor@munhak.com | 대표전화 031) 955-8888 | 팩스 031) 955-8855
문의전화 031) 955-3578(마케팅) 031) 955-2646(편집)
문학동네카페 http://cafe.naver.com/mhdn
인스타그램 @munhakdongne | 트위터 @munhakdongne
북클럽문학동네 http://bookclubmunhak.com

ISBN 978-89-546-8560-3 03860

www.munhak.com

김동식 × SDF
SBS D FORUM

성공한 인생

김동식
소설집

요다

차 례

성공한 인생

재수생 김남우는 그 나무 뭉치가 위령탑이었단 걸 몰랐다. 누가 장작을 쌓아놓은 줄로만 알고 그만, 발로 차버렸다. 수능 스트레스 때문이었다. 머리를 비울 겸 오른 새벽 산에서 마구 소리 지르며 발길질을 해댄 것이, 실수였다. 위령탑이 무너지자마자 귀신이 나타난 것이다.

[흐ㅇㅇㅇㅇ~]

화들짝 놀란 김남우는 뒤로 엉덩방아를 찧었다. 안개처럼 희미하지만 분명한 인간의 형상, 어떻게 봐도 귀신이었다.

[살아 있는 인간이다!]

머릿속이 새하얘진 김남우는 앞뒤 잴 것도 없이 빌었다.

"사, 살려주세요! 잘못했어요! 살려주세요!"
[됐어. 그깟 나무탑이 뭐라고, 이미 죽은 이가 산 자에게 해코지를 하겠어?]

쿨하게 넘긴 귀신은 다른 관심을 드러냈다.

[그나저나 아까부터 지켜봤는데, 수능 때문에 고민이 많은가 보지?]
"네, 네?"
[내가 제안 하나 할까? 수능 만점을 맞게 해줄게.]

겁먹은 와중에도, 김남우의 귓가에 수능 만점이란 단어는 들어왔다.

"수능 만점요?"
[그래. 내가 너 대신 수능을 쳐서 만점을 받아주겠다고. 원래 난

수능 만점자였고, 귀신이 된 지금은 더 쉽지! 모르는 문제가 있으면
다른 귀신들에게 알려달라고 하면 되니까.]

김남우의 두 눈이 흔들렸다. 수능 만점만 받을 수 있다면,
영혼이라도 팔 수 있다고 말하고 다니던 터였다.

"저, 정말입니까?"
[그럼! 그러나, 세상에 공짜는 없지? 만약 내가 수능 만점을 받아
준다면, 네 일주일 중 하루를 내게 줘.]
"네? 뭐라고요?"
[내가 네 몸에 들어가 수능을 치는 것처럼, 앞으로 평생 네 일주
일 중 하루를 내가 쓰게 해달라는 거야.]

뜨악한 김남우가 물러났다.

"아무리 수능 만점이라지만 무슨, 평생 일주일 중 하루를
줘요?"
[이봐. 수능을 무시하는 건 아니겠지?]

귀신은 죽은 지 얼마 안 된 듯, 설득력 있는 말을 시작했다.

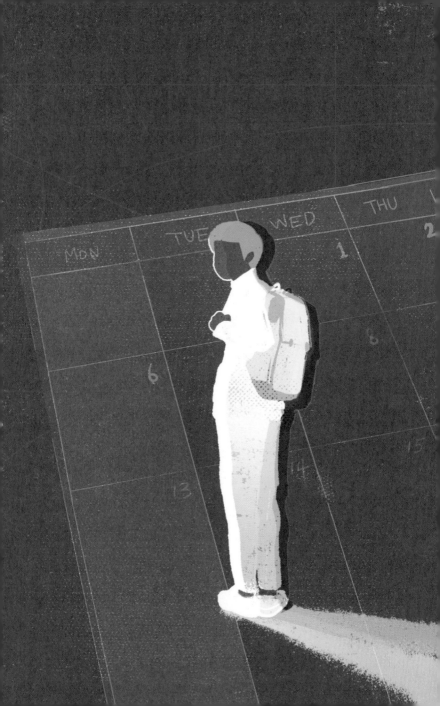

[너도 알다시피 한국에서는 수능에 인생이 걸려 있잖아. 네가 재수를 한 이유가 뭐야?]

"그건…"

[투자 대비 이익을 생각해봐. 수능을 못 치고 망한 인생으로 일주일을 다 사는 것보단, 서울대 타이틀로 사는 게 더 이득 아니야? 겨우 하루를 소비해서 말이야.]

"으…"

김남우의 마음이 흔들리는 걸 눈치챈 귀신이 몰아붙였다.

[그 하루를 내가 마음대로 쓰겠다는 게 아니야. 네가 학생이라면 학교에 갈 거고, 직장인이라면 직장에 출근할 거야. 네가 번 돈을 내 마음대로 쓰지도 않을 거고, 네 주변인과의 관계에 문제를 일으키지도 않을 거야. 물론 내 마음대로 새로운 인연을 사귀는 일도 없어. 나는 그저 살아 있다는 기분을 느끼고 싶을 뿐이야. 평범한 일상이 그리울 뿐이라고.]

"으음…"

김남우는 소리 없는 신음을 내었다. 고민이 깊어졌다.

[월요일로 하자. 내가 월요일을 쓸게. 너도 솔직히 주말 동안 펑펑 놀고, 월요일에 학교 가기, 회사 가기 싫잖아? 내가 대신 월요일을 짊어질게.]

김남우는 크게 마음이 동했다.

"근데 월요일에 다른 사람들이 눈치채기라도 하면, 정신 병자라고 오해받게 될지도 모르…"
[전혀. 그럴 일 없어. 난 일주일 내내 널 관찰할 테니까, 누구든 너처럼 대할 수 있어. 수능 만점을 받고도 한 달 동안은 일단 관찰만 할게! 다 파악한 그 다음부터 월요일을 내가 쓰면 돼.]

고민하던 김남우는, 조심스럽게 물었다.

"정말… 수능 만점 가능하죠?"
[그럼!]

귀신의 표정이 보인다면, 분명 크게 웃었을 것이다.

:

"정말로 만점이다! 정말로 만점이야! 으하하하!"

김남우는 정말 하늘을 나는 듯한 기분이었다. 온 가족이
축하했다.

"우리 아들 정말 열심히 했구나! 장하다!"
"형 재수한다고 할 땐 솔직히 왜 하나 싶었는데, 한다면 하
는구나!"
"당장 외식이다! 뭐 먹고 싶어?"

김남우는 가장 먼저 SNS에 소식을 알렸다. 그동안 자격지
심에 괜히 무시당한다고 생각했지만, 그게 사실이든 아니든
상관없다. 지금은 친구들 누구보다 자신이 승자였다.

심지어 이번 수능이 불수능이라, 김남우는 전국에서 딱
3명뿐인 만점자로 인터뷰까지 했다. 정말 귀신이 확실하게
제 몫을 해준 것이다. 그만큼, 김남우도 귀신에게 확실하게
제공해야만 했다. 처음에는 두려웠지만, 한 달 뒤 첫 경험,
둘째, 셋째 월요일을 경험해보니 생각보다는 괜찮았다. 문제
는 대학 생활이었다. 수능 공부를 열심히 했으니 괜찮을 줄

알았지만, 수업을 따라가기 버거웠다. 게다가 월요일 수업 내용을 통째로 알 수 없다는 건 생각보다 큰 문제였다.

[수업 내용을 요약해서 노트에 필기해줄 테니까 이걸로 공부해.]

귀신은 나름 신경 써주었지만, 김남우는 짜증 났다. 괜히 귀신 핑계를 대며 학점 걱정을 하기 시작했다. 그러자 귀신이 다른 제안을 했다.

[내가 정말 천재적인 귀신 하나를 아는데 말이야. 그 귀신의 도움을 받아보는 게 어때?]

"무슨 도움이요?"

[5급 공무원 시험 합격 직전에 죽은 양반인데. 솔직히 좋은 대학 나오는 이유가 뭐야? 좋은 데 취직해서 성공한 인생을 살려는 것 아니야? 그 귀신의 도움을 받으면 5급 공무원 시험에 합격할 수 있어.]

"5급 공무원이요?"

김남우의 눈이 휘둥그레졌다. 정말로 그게 가능하다면, 학점이 문제가 아니다.

"5급 공무원 시험에 합격시켜줄 수 있다고요? 정말로요?"

김남우의 반응을 본 귀신은, 냉큼 다른 귀신 하나를 불러
왔다.

[으흐흐흐흐흐~]

김남우는 잠깐 놀랐지만, 금세 그 귀신에게 관심을 보였
다. 새롭게 나타난 귀신은 단도직입적으로 말했다.

[무조건 합격시켜주마. 그 대신! 나도 일주일 중 하루를 주거라.
조건과 내 처신은 저 귀신과 똑같다.]

김남우의 눈살이 찌푸려졌다. 이미 월요일 없는 삶을 살고
있는데, 또 하루를?

"그건 좀…"

월요일 담당 귀신이 은근히 부추겼다.

[이봐. 평일을 주면 되잖아. 그럼 넌 일주일에 3일만 일하는 거라고.]

"으음."

[5급 공무원 시험만 통과하면 네 인생은 완성 아니야? 남들은 죽을힘을 다해도 통과 못 하는 시험을, 넌 노력 하나 하지 않고도 통과할 수 있다고.]

새롭게 나타난 귀신은 재촉하지 않았다.

[지금 당장 결정할 필요는 없다. 대학 생활을 다 즐기고 졸업할 때 결정해도 되지 않느냐? 언제라도 좋으니, 그럴 마음이 든다면 찾거라.]

그날 이후로 김남우는 심각하게 고민했다. 그런데 지름길을 알게 되니, 일상에 집중하기가 힘들었다. 학점에 아등바등하는 게 허무하게만 느껴졌다. 힘들게 노력하지 않아도 최고로 좋은 직장을 구할 수 있는데, 뭣 하러?

결국, 삶의 태도가 풀어지고 말았다.

"에라이! 그래, 5급 공무원으로 살자! 일주일이 5일이 된다지만, 3일 일하고 2일 노는 인생이 더 이득일지도 모르지!"

김남우는 월요일과 붙인 화요일을 주기로 마음먹고, 대학생활을 놔버렸다.

그리고 몇 년 뒤, 약속대로 김남우는 5급 공무원 시험을 통과했다. 거의 놀기만 하던 김남우를 보아왔던 지인들은 '천재가 있긴 있구나'라며 감탄했다. 김남우는 기분이 좋았고, 어딜 가든 당당했다. 월요일과 화요일이 없다는 게 불편하긴 했지만, 성공한 인생에 만족했다. 가장 즐거운 건 일요일이 끝나기 직전까지 술을 퍼마시다가, 숙취 없이 일어나는 수요일 아침이었다.

그러던 어느 날, 집에서 TV를 보고 있던 김남우에게 귀신이 또 나타났다.

[주말에 또 아이돌 콘서트 갔다 왔지?]
"그런데요, 왜?"
[네가 홍혜화의 팬질을 한 지가 2년이 넘었어.]
"그게 왜요?"

[만약, 아이돌 홍혜화와 결혼할 수 있다면 어때?]

김남우는 자리에서 벌떡 일어났다.

"호, 홍혜화와 결혼을? 제가 어떻게 감히…"

[네 스펙이 나쁜 것도 아닌데 뭐? 그리고 너도 지금 예상하다시피, 이 분야에 천재적인 귀신이 하나 있어.]

"네? 아무리 그래도, 귀신의 힘으로 그게 가능합니까?"

[죽기 전 여자의 마음을 얻는 데 천부적인 사람이었고, 지금은 또 다른 귀신들의 도움으로 온갖 정보를 구할 수 있다고. 홍혜화의 취향부터 동선까지 모두 다! 홍혜화는 너를 운명이라고 생각하게 될걸. 그 귀신이라면 분명 성공할 거야.]

김남우의 심장이 미친 듯이 뛰었다. 홍혜화와 결혼한다는 상상만으로도 머릿속이 아찔했다. 그때 새로운 귀신이 등장했고, 그 귀신이 말했다.

[나도 조건은 같네. 일주일 중 하루를 내게 줘.]

김남우의 두 눈이 사정없이 흔들렸다. 이미 일주일 중 월요일과 화요일이 없는데, 하루를 더? 그러면 거의 절반에 가깝지 않은가! 게다가, 여자 문제는 조금 꺼려진다.

망설이던 김남우에게 귀신이 부추겼다.

[이봐. 성공한 인생의 기준이 무엇이야? 너는 성공한 인생을 살고 있다고 하지만, 그래도 무언가 부족하지 않아? 인생에서 가장 중요한 성공은 사랑이야. 뭘 망설여?]

"그런데 이 경우는 좀 그렇지 않습니까? 만약 내가 홍혜화와 결혼하게 된다고 해도, 결국 3일은 나 말고 다른 남편과 살게 되는 건데.]

[이봐 귀신에게 질투를 왜 해? 우리 귀신은 마음이 없어. 그동안 월요일, 화요일을 우리가 쓰면서 일탈한 적이 한 번이라도 있었어? 철저하게 너처럼 행동했잖아. 우린 그냥 생생함을 느끼고 싶을 뿐이야. 우리 같은 존재에게 질투한다는 건 기계에게 질투하는 것과 마찬가지야.]

"으음…"

김남우는 여전히 꺼림칙했지만, 홍혜화를 생각하면 너무 욕심이 났다. 만인의 아이돌 홍혜화와 결혼할 수 있다니! 망상만으로도 세상을 다 가진 기분인데, 현실이 된다면?

"만약… 실패한다면요?"

[물론 실패하면 하루를 줄 필요도 없지. 그리고 하는 말인데, 수요일 줘버려. 지금 3일 일하는 것도 솔직히 귀찮잖아?]

여러모로 흔들리던 김남우는 결국, 거래를 받아들였다.

며칠 뒤, 김남우는 큰 충격에 빠졌다. 홍혜화가 그의 차에 탄 것이다.

"오래 기다렸지? 몰래 빠져나오느라고! 미안해, 오빠!"

"오, 오빠?"

김남우의 입이 귀에 걸렸다. 살갑게 구는 홍혜화의 모습은 누가 봐도 여자친구다. 감동적일 정도였다. 처음엔 어색하지 않게 남자친구를 연기하느라 진땀 뺐지만, 하루 만에 이 행복을 받아들였다. 다만, 아무리 귀신의 능력이 대단하더라도 현역 아이돌과 결혼은 무리라고 생각했다. 놀랍게도, 그 생각이 틀렸다.

"오빠 말대로 우리는 정말 운명인가 봐!"

6개월 만에 혼인신고를 하고, 그 스캔들이 터지며 실제 결혼식까지 이루어졌다. 귀신이 제 몫을 해낸 것이다. 김남우는 이제 일주일에 하루를 더 뺏겼지만, 큰 차이는 못 느꼈다. 어차피 일요일에 자고, 일어나면 아침인 건 똑같았다. 귀신들은 김남우의 일상을 충실히 재현했고, 김남우는 달콤한 신혼 생활을 즐겼다. 그의 일주일은 목금토일. 절반만 일하면 나머지 절반은 휴일인 세상이었다.

한데 불과 1년 만에, 김남우는 후회했다. 귀신 때문이 아니라, 홍혜화 때문이다.

"오빠네 엄마는 무식하게 무슨 말을 그렇게 해!"
"뭐야?"

결혼은 현실이었다. 홍혜화는 김남우가 상상하던 여자가 아니었다. 성질이 더럽고 이기적인, 정말로 그와 맞지 않는 여자였다. 대놓고 부모님 욕을 해대며 크게 싸운 뒤, 김남우는 이혼했다. 그럼에도 불구하고 하루가 되돌아오는 건 아니니, 그는 너무 억울했다. 그러자 귀신이 말했다.

[여자의 마음을 얻는 데 천부적인 귀신은 많아. 한 명 더 소개해 줄까?]

김남우는 거절했다. 어차피 또 하루를 요구할 텐데, 그럼 일주일에 고작 3일밖에 살지 못하는 인생이 된다. 게다가 지금은 여자에게 학을 뗀 상태다.

그러나, 김남우는 TV에 나오는 연예인들을 볼 때마다 마음속으로 가능성을 생각하게 됐다. 마음만 먹으면 저 여자와 결혼할 수 있다는 생각! 그것은 그의 경계를 무디게 했다.

시간이 흐른 어느 날 결국, 김남우는 다시 귀신에게 말하고 있었다. 정말 예쁘고 착해 보이는 영화배우 장진주에게 빠져서였다.

"거래를 할 수는 있는데, 조건이 있습니다. 이번에는 연애 기간을 2년으로 잡고, 결혼 후 1년 안에 이혼하게 되면 다시 한 번 기회를 주십시오."

귀신은 흔쾌히 허락했다. 얼마 뒤, 김남우는 또 감탄했다. 장진주가 자신을 생명의 은인이자 운명으로 생각하고 있었다. 자신은 기억이 안 나지만, 귀신이 엄청난 일을 해낸 게

분명했다. 김남우는, 이번에야말로 실패하지 않기 위해 2년
간 서로를 깊이 알아갔다. 자연스럽게 결혼에 골인하고, 만
족스러운 생활을 1년 넘게 유지했다. 결과, 김남우의 일주
일은 월화수목이 사라진 금토일이 되었다. 아쉬움이 없다면
거짓말이겠지만, 하루 일하고 이틀 노는 편한 인생이라고
자신을 설득했다.

그때, 귀신이 또 나타나서 말했다.

[네 몸매를 좀 봐라. 이티처럼 배만 축 나와서 그게 뭐야?]

"뭐라고?"

[그런 몸으로 영화배우 장진주의 남편이라니, 쯧. 얼굴은 또 왜 이
렇게 관리가 안 돼. 너 이번에 장진주랑 함께 하는 관찰 예능 들어왔
던 것도 거절했지? 창피한 줄을 알아야지.]

다짜고짜 퍼붓는 악담에 김남우는 눈살을 찌푸렸다.

"무슨 말이 하고 싶은 겁니까?"

[운동과 관리에 탁월한 귀신이 하나 있어.]

"됐습니다!"

김남우는 들어볼 것도 없다는 듯이 거절했지만, 귀신은 차근차근 설득했다.

[그 귀신의 능력이면 연예인급 근육질 몸매를 가질 수 있어. 피부 관리, 탈모 관리, 건강 관리까지 완벽해질 거야.]

"됐다니까!"

[잘 생각해 봐. 금토일을 사는 것이나 토일을 사는 것이나 큰 차이가 있어? 오히려 금요일에 출근을 안 하게 되면, 평생 놀 수 있잖아. 단순히 몸매가 좋아지는 거라 생각하지 마. 다른 귀신들도 협동해서 월요일부터 금요일까지 운동할 것이고, 식단도 조절할 거야. 금연과 금주도 물론이지. 주말에 네가 담배 피우고 술 먹고 폭식해도, 주중에 우리가 최상의 상태로 관리하겠다는 거야.]

"음…"

[합리적으로 생각해. 안 그래도 넌 지금 하루하루가 모자란데, 건강 문제로 일찍 죽으면 얼마나 억울해? 젊게 오래 사는 것이 더 이득이란 계산이 안 돼? 60대에도 신체 나이 20대를 유지하는 모습을 상상해보라고.]

김남우는 크게 흔들렸다. 듣고 보니 틀린 말이 없었다. 어차피 자신이 지금부터 건강관리를 한다고 해도, 그 시간 자체가 너무 아깝지 않겠는가? 차라리 귀신들의 시간으로 미뤄놓으면 훨씬 이득이다. 게다가 평생 주말이라면….

"알겠습니다. 마지막으로 받아들이겠습니다."
[현명한 선택이야.]

이로써 김남우는 월화수목금을 귀신들에게 내주었다. 크게 후회하지는 않았다. 매일 아침 일어날 때마다 몸이 달라지는 게 느껴졌으니까. 불과 몇 달 만에 연예인급으로 멋진 몸이 되어, 주말에 외출하는 게 즐거워졌다. 어차피 매일이 주말이니, 매일 신나게 놀기만 했다.

"싫은 건 모두 귀신이 해주고, 하고 싶은 것만 하고 살면 되는 성공한 인생이로구나! 내 인생은 성공했어!"

성공한 인생을 자축하며, 김남우는 매우 만족스러운 인생을 즐겼다.
그러던 어느 날. 아침부터 마음대로 술을 마시고 기분 좋게 거실에서 잠든 사이, 아내와 어머니의 대화가 잠결에 들려왔다.

"어머니, 이이가 잠들어서 외식은 저녁으로 미뤄야겠어요."

"어휴, 그러자꾸나."

"어머니 앞에서 할 말은 아닌데요, 이이는 주말만 되면 꼭 다른 사람 같아진다니까요."

"왜 아니겠니? 주중에는 우리 아들이 맞는데, 주말만 되면 남의 아들 같다니까! 무슨 귀신이라도 씐 것처럼 말이다."

거상의 거래법

"주머니에 천 원밖에 없는 인생이네."

사내의 자조 섞인 말은 농담이 아니었다. 통장은 마이너스에, 취업은 안 되고, 방세는 밀리고, 핸드폰도 끊기기 직전이다.

주변에서 다 말리던 비트코인 투자를 시작한 탓이다. 코인의 폭락과 함께 인생도 폭락했다. 그때는 말리던 녀석들에게 평생 월급 노예처럼 살라고 무시했지만, 지금은 자존심을 굽히고 돈 좀 꾸기 위한 전화를 걸어야 할 형편이다.

핸드폰을 들고 주소록을 들여다보는 사내의 표정이 어두웠다. 차마 통화 버튼을 누르지 못하던 사내는 더위 탓인지,

타는 속 때문인지 입이 메말랐다. 결국 전 재산 천 원을 갈증 해소에 쓰기로 했다. 바로 근처 편의점에서 생수를 사들고 나온 사내는 조용한 골목길로 들어갔다.

내내 핸드폰을 계속 노려보며 망설이던 사내는, 일단 생수 뚜껑을 따려 했다. 한데 그 순간, 핸드폰 액정이 이상한 화면 으로 변했다.

[초대박! 거상이 될 기회!]
"뭐, 뭐야?"

화면에는 사내가 들고 있는 생수병 사진과 함께 [물건을 판 매하시겠습니까? 수락 / 거절]이 나와 있었다. 당황한 사내가 이상한 어플을 깐 기억을 더듬어봤지만, 그런 적도 없고 이 런 사진을 찍은 적도 없었다.

인상을 찌푸리던 사내가 한번 '수락'을 눌러본 순간,

[반갑습니다.]

화면에 악마가 나타났다. 검은 가죽에 돋아난 뿔과 지옥불 까지, 전형적인 악마였다. 사내를 더 놀라게 한 것은, 그것이

동영상이 아닌 영상통화의 개념이었다는 거다.

[그렇게 놀랄 것 없습니다. 지금 인생 최대의 기회를 잡은 거니까 말입니다.]

"뭐야, 이거…"

[제 소개를 간단히 하자면, 중개인입니다. 판매자와 구매자를 연결해드리고 30%의 수수료를 받아가죠. 방금 수락하셨으니, 들고 계신 물건을 구매하고 싶은 분과 연결해드리겠습니다.]

이 상황에 대한 자세한 설명이 필요했지만, 악마는 곧바로 화면을 바꿨다. 화면은 지친 표정의 중동인이 힘겹게 사막을 걸어가는 모습을 비추고 있었다. 영상을 배경으로 악마의 설명이 이어졌다.

[저분은 꽤 부자이지만, 가문 내 파벌 싸움 때문에 사막에서 길을 잃고 떠도는 중입니다. 그 생수를 얼마에 팔 수 있을까요?]

"뭐?"

[물 한 모금이 아쉬운 저 부자에게는 당신이 가진 그 생수 한 병이 천금보다 더 귀하겠죠. 당신이 가격을 제시한다면 제가 그 가격으로 저분에게 구매 의사를 물을 겁니다. 거래가 성사된다면 30%의

수수료를 제외한 금액을 건네드리겠습니다. 수수료를 받는 만큼 물건 전달과 대금 회수는 확실히 처리할 테니까 걱정할 필요 없습니다.]

사내의 눈동자가 흔들렸다. 장난치고는 너무 실감이 났다. 만약에라도 그의 말이 다 진실이라면, 엄청난 기회가 아닌가?

[훌륭한 상인은 때에 따른 가치를 잘 알지요. 얼마에 파실 겁니까? 금액을 제시할 기회는 한 번뿐입니다.]

사내는 속으로 가격을 생각해봤다. 내가 만약 이 영상 속 남자라면 이 생수를 얼마에 살까? 10만 원이라도 사지 않을까? 아니, 어쩌면 백만 원이라도 살 것 같은데? 천 원 주고 산 생수를 백만 원에 팔 수 있다면?

침을 꿀꺽 삼킨 사내가 떨리는 입을 열었다.

"배, 백만 원에 팔겠어."

[백만 원 말입니까?]

사내는 악마의 대꾸에 놀랐다. 점점 진짜 같지 않은가?

[백만 원이라. 조금 실망스럽지만, 그렇게 정하셨다면 알겠습니다.]

다음 순간, 사내가 두 눈을 부릅떴다. 그의 손에 있던 생수병이 감쪽같이 사라져버렸다.

황급히 주변을 돌아보다가, 핸드폰 영상을 본 사내는 말을 더듬었다.

"저, 저어, 엇!"

사막의 남자가 생수를 꿀꺽꿀꺽 들이켜고 있었다. 그리고 다음 순간,

[수수료를 제외한 금액, 지급합니다. 그럼 수고하십시오.]

사내의 코앞으로 툭 봉투가 하나 떨어졌다. 황급히 열어보니, 현금 70만 원이었다.

"이, 이럴 수가! 이럴 수가!"

두 눈이 휘둥그레진 사내가 핸드폰을 바라보았지만, 화면은 어느새 원래대로 돌아가 있었다. 볼이라도 꼬집고 싶었지만, 이게 꿈일 리 없었다. 멍하니 있던 사내는, 미친 듯이 핸드폰 어플을 뒤졌다. 혹시라도 제발, 그런 어플이 있었으면 하는 마음으로.

．
．
．

사흘 뒤. 사내는 후회하고 있었다.

"아, 한 천만 원 불렀어도 팔렸을 것 같은데!"

영상 속 남자가 허겁지겁 물을 마시던 모습을 떠올려보니, 백만 원만 부른 게 아쉬웠다. 사내는 사흘 내내 생수병을 들고 다녔지만 효과가 없었다. 기회는 생수병이 아닌, 다른 것으로 찾아왔다.

사내가 집주인에게 밀린 방세를 내러 갔을 때, 심부름을 부탁받았다. 아직 방세를 다 갚지 못해서 거절하지 못했지만, 오히려 그게 행운이었다. 주유소에서 말통에 기름을 받아오던 길, 핸드폰이 울렸다.

[초대박! 거상이 될 기회!]
"어!"

황급히 핸드폰을 확인한 사내의 표정이 밝아졌다. 화면에는 사내가 말통을 들고 있는 사진과 함께 [물건을 판매하시겠습니까? 수락 / 거절]이라는 문구가 반짝이고 있었다. 볼 것도 없이 수락을 누르자, 화면에 악마가 나타났다.

[또 뵙게 되었습니다. 반갑습니다.]
"예, 예!"
[그럼, 바로 구매자를 소개해드리겠습니다.]

영상은 곧바로 어느 산맥을 비추었다. 비포장도로에 지프차 한 대가 멈춰 있고, 수염이 덥수룩한 외국인 하나가 밖에서 다급한 몸짓을 보이고 있었다.

[저 고객님의 마음이 타들어가고 있는 이유는, 차 안에 있는 부인

때문입니다. 독충에 쏘여 당장 병원으로 옮기지 않으면 위험한 상황에, 기름이 다 떨어지고 말았습니다. 차량 통행이 거의 없는 지역이라 기적은 없을 겁니다. 당신의 도움 말고는 말입니다. 자, 얼마에 파실 겁니까? 금액을 제시할 기회는 한 번뿐입니다.]

영상 속 외국인은 어쩔 줄 몰라 차 안과 도로를 오갔다. 안타까움이 느껴지는 그 몸짓을 바라보던 사내의 미간이 찌푸려졌다. 내가 저 사람에게 도움이 되는 건 좋은데, 얼마를 받아야 할까? 다시 같은 기회가 온다면 천만 원을 외치리라 생각했지만, 사막 상황이 아니라면 어떨지 몰랐다. 막상 부르려고 하니 천만 원이 너무 커 보였다.

[보시다시피, 고객님의 시간이 없어 보입니다.]

망설이던 사내는, 에라 모르겠다 하며 질렀다.

"천만 원에 팔겠습니다!"
[천만 원이라. 알겠습니다.]

악마의 목소리만으로는 그 금액이 적당한지 판단이 안 됐다. 너무 컸을까? 적당한가? 아니면 설마, 너무 적다거나 하는 건… 아니겠지?

사내가 생각하는 사이에 감쪽같이 기름 말통이 사라졌다.

"아!"

깜짝 놀라는 것도 잠시, 곧바로 사내의 눈앞에 돈 봉투가 툭 떨어졌다. 그 무게감부터가 달랐다. 얼른 줍는 사내의 심장이 빠르게 뛰었다. 확인하자, 영락없이 700만 원!

"으흐, 으하하! 으하하하!"

미친놈처럼 기뻐하는 사내는 핸드폰 액정에 뽀뽀라도 해주고 싶은 심정이었다.

⋮

사내는 두 번의 경험으로 좀 알 것 같았다. 먼저 일상이 바뀌었다. 취직? 그따위 노력은 집어치우고, 어떻게 하면 악마와의 거래가 열리는지에 집중했다. 결과, 그는 등산용품점에 가장 먼저 들렀다.

"생존에 관련된 제품에는 뭐가 있을까요? 정말 위급한 상황에 크게 도움이 되는 제품 말입니다."

사내가 시내를 돌아다니며 산 물건들은, 구조용 신호탄, 구급상자, 구명조끼, 전투식량 등이었다. 방 안에 물건들을 쌓아놓은 사내는 작업을 시작했다. 한 손엔 핸드폰, 다른 한 손엔 물건 들기를 10분 간격으로 반복했다. 생수를 들었다가, 신호탄을 들었다가, 구급상자를 들었다가, 구명조끼를 들었다가, 기름을 들었다가, 그러기를 몇 시간. 구조용 신호탄 차례에서 드디어,

[초대박! 거상이 될 기회!]
"아! 좋았어!"

사내가 환호하며 확인한 화면에는 구조용 신호탄을 들고 있는 사내의 사진과 [물건을 판매하시겠습니까? 수락 / 거절] 문구가 반짝이고 있었다. 얼른 수락을 누르자, 반가운 얼굴이 나타났다.

[세 번째로 뵙게 되었습니다.]

"예, 예."

[구매자를 소개해드리겠습니다.]

펼쳐진 영상은 어느 협곡에 조난한 외국인의 모습이었다. 다리를 다친 듯 움직임이 불편했고, 까마득한 절벽 위를 올려다보는 표정은 절망스러웠다.

[이번 고객님은 강인한 카리스마를 가진 사업가이지만, 동행도 없이 혼자 거친 산행을 즐긴 게 실수였습니다. 구조될 확률이 높지 않은데, 다행히 당신이 가진 신호탄이 매우 고성능이라 수색과 구조에 큰 도움이 될 것 같습니다. 물건을 얼마에 파시겠습니까? 금액을 제시할 기회는 한 번뿐입니다.]

사내는 곧바로 대답하지 않고 신중히 영상을 살폈다. 그는 지금 천만 원보다 더한 금액을 생각해보고 있었다. 지난 며칠간 계속 생각해왔던 게 그거다. 극한의 상황에 부딪치면, 얼마든지 돈을 낼 수 있지 않을까? 사람은 생명이 가장 소중한데, 전 재산을 달라고 해도 줄 정도이지 않겠는가.

"으음…"

사내는 자신 없는 말투로 조심스럽게 말했다.

"일, 일억 원?"
[일억 원이라. 흠.]
"아, 아니, 그게 너무 크면…"
[알겠습니다.]

사내가 긴장한 눈으로 급히 핸드폰 화면을 좇을 때, 영상 속 외국인이 신호탄을 터트렸다.

"아아!"

사내의 두 눈이 휘둥그레지고, 다음 순간, '투두두둑!' 사내의 코앞으로 돈다발이 쏟아졌다.

"으아아아아!"

자신도 모르게 비명을 지른 사내의 입이 귀에 걸렸다. 세보지 않아도 분명 칠천만 원이다. 10만 원도 안 하는 조명탄을 1억에 판 것이다.

　사내는 돈다발을 들고 미친 듯이 환호했다. 너무 기분이 좋았다. 이게 끝이 아니라는 생각에 더욱 좋았다. 요령을 터득한 사내에게는 황금빛 미래만이 기다리고 있었다.

⋮

　사내는 친구들에게 거하게 술을 샀다. 꼭 하고 싶었던 말을 안 할 수 없었다.

　"야! 인생 한 방이야! 너희들 개미처럼 일해서 언제 사람답게 살래?"

　"뭐, 인마?"

　"야야야, 옛날처럼 성실하게 꾸준히 일하는 것만으로 행복해질 수 있는 세상이면 나도 이런 말 안 하지! 10년, 20년을 일해도 내 집 하나 장만 못 하는 게 현실이잖냐. 인생 한 방이야. 비트코인처럼."

사내는 속이 뻥 뚫리는 기분이었다. 자신을 무시하던 친구들을 무시할 수 있는 자신이 너무 사랑스러웠다.

　"뭐, 너희들처럼 사는 것도 나쁘단 건 아니지만, 난 월급쟁이 생활은 영 적성에 안 맞더라!"

　"이 새끼 뭐야? 비트코인으로 쫄딱 망했다더니, 너 로또라도 맞았냐?"

　"글쎄? 로또는 로또지만, 운이 아닌 실력으로 버는 로또지! 으하하하!"

　"뭔 소리야?"

　사내는 절대 비밀을 알려줄 생각이 없었다. 위급 상황에 처한 사람은 한정되어 있을 테니까.

　언제든지 술값을 계산하겠단 말로 술자리를 끝낸 사내는, 본격적으로 물건들을 사러 다녔다. 어떤 상황에 어떤 물건을 누가 필요로 할지 모르니, 생각나는 모든 걸 구했다. 위성 전화기도 사고, 각종 배터리와 호신 용품, 심지어는 뱀독 해독제까지 생각이 뻗쳤다. 생각보다 구하기 힘들었지만, 가장 그럴듯한 상황이 그려졌기에 힘들게 구했다.

"무슨 해독제가 이렇게 비싸? 얼마에 팔아야 하나…"

약병을 들고 돌아오는 길. 사내는 내내 한 손에는 핸드폰을, 한 손에는 약병을 꼭 쥐고 있었다. 아니나 다를까,

[초대박! 거상이 될 기회!]
"으아! 역시! 내 판단은 틀리지 않았어!"

급히 확인한 핸드폰 화면에는 해독약 병을 들고 있는 사내의 사진과 [물건을 판매하시겠습니까? 수락 / 거절] 문구가 반짝이고 있었다. 당장 수락을 누른 뒤, 사내는 후회했다.

"아, 젠장!"

사람들이 지나다니는 거리에서 돈다발이 쏟아진다면 곤란했다. 사내는 급히 인적이 없는 곳을 향해 달렸다.

[네 번째로 뵙게 되었습니다. 반갑습니다.]
"예, 예! 잠시만요!"

사내의 마음과는 달리,

[잠시만은 불가능합니다. 시간을 지체할 수 없는 긴급한 상황이니까 말입니다.]

악마는 바로 핸드폰 화면을 영상으로 전환했다. 영상을 본 사내도 이해할 수밖에 없었다. 영상 속에는 한 노인이 가슴을 움켜쥐고 풀밭에 쓰러져 있었다.

[아무리 돈이 많아도 마음대로 되지 않는 게 목숨입니다. 이번 고객님은 자신의 저택 앞마당에서 혼자 위급한 상황을 맞이하고 말았네요. 코앞의 집까지 갈 힘도 없어 보입니다. 평소 자식들에게 잘해 주었다면 좋았을 텐데.]

겨우 한적한 골목으로 들어간 사내가 얼른 상황에 집중했다. 한눈에 보아도 영상 속 노인은 위급해 보였고, 또 돈이 많아 보였다.

[이대로라면 저 고객님의 미래는 고독한 죽음밖에 없겠지만, 다행히도 당신이 딱 맞게 구원이 되었습니다. 물건을 얼마에 파시겠

습니까? 금액을 제시할 기회는 한 번뿐입니다.]

급박한 상황, 사내가 고민할 시간이 길지 않아 보였다.
1억 부를까? 아니면 10억을 불러볼까?

[시간이 없습니다.]
"으… 잠깐!"

사내는 역지사지로 생각해봤다. 내가 돈이 많다면, 죽음
앞에서 얼마까지 낼 수 있을까? 내가 저 노인이라면, 그렇다
면 얼마까지 가능할까? 얼마를 제시하든 받아들일 수밖에
없지 않나? 억울하더라도 죽기 싫으면 어쩔 수 없다. 칼자루
를 쥐고 있는 건 나고, 내가 갑이다.

[시간이…]

순간, 사내는 질러버렸다.

"100억! 100억에 팔겠습니다!"
[…]

악마의 잠깐 침묵에, 사내의 심장이 덜컹 내려앉았다. 한데,

[100억이라! 드디어 거상의 기술을 터득하셨군요. 좋습니다. 거래는 그렇게 하는 것이지요.]

악마의 흡족한 목소리에 사내의 표정도 펴졌다. 이제껏 처음으로 받는 악마의 평가였다. 역시, 목숨이 걸린 사람에게는 얼마에 팔아도 되는구나!

사내는 기대하며 핸드폰 화면을 바라보았다. 그리고,

쿵!

쓰러졌다.

사내는 몰랐다. 해독약을 들고 있는 사진 속에는 해독약만 있는 게 아니었음을.

[물건은 잘 이식되었습니다. 당신의 심장은 정확히 100억에 팔렸

습니다.]

  골목길, 쓰러져 미동도 없는 사내의 몸 위로 돈다발이 쏟
아져내렸다. 사내의 몸을 덮을 만큼이나 많은 돈다발이.

악한 사업

"김남우가 이제 곧 깨어날 시간입니다."

"오늘 그가 과연 담배를 몇 대나 피우게 될지 기대되는군요."

한눈에 보아도 지구상에 존재하는 인테리어와는 다른 은빛의 회의실. 그러나 이곳은 지구가 맞다. 바닥부터 천장까지 모조리 최첨단 스마트 기계로 이루어져 있을 뿐.

테이블을 가운데 두고 앉은 열댓 명의 사람들이 벽면 스크린에 집중하고 있다. 영상 속에는 이불을 제멋대로 말고 자는 사내, 김남우가 있었다. 자신이 관찰당하는 줄은 꿈에도 모르고 코까지 골며 깊은 잠에 빠져 있다.

여유로워 보이는 사람들 틈에서, 혼자 긴장하고 있던 젊은 사내가 근처 중년 사내에게 물었다.

"지구의 경제를 마음대로 좌지우지할 수 있는 분들이, 왜 고작 이런 방식을 사용하는지 저는 아직도 이해할 수가 없습니다."

하얀 수염을 멋들어지게 기른 아랍풍 차림의 중년 사내가 혀를 차며 답했다.

"자네 아버지가 설명해주지 않던가? 쯧. 자네 아버지가 은퇴 준비 중이라더니, 급했군."

눈살을 찌푸린 젊은 사내가 다시 말했다.

"하지만 너무, 어이가 없지 않습니까? 여기 계신 분들의 면면들을 보면 지구가 몇 번은 뒤집어지고도 남을 분들이신데, 이분들의 5년이 고작 저놈이 피우는 담배에 걸려 있다니요?"

젊은 사내는 이 시스템을 이해할 수 없었다. 지금 김남우의 머리맡에 있는 담뱃갑에는 특수 담배가 들어 있었다. 담배 개비마다 각각 가문에서 원하는 이권이 걸려 있는데, 김남우가 오늘 하루 동안 피운 담배의 주인들만이 앞으로 5년간 사업할 수 있었다. 아마존 밀림 벌목, 마약 유통, 석유 시세 조율, 탄소배출권, 아프리카 전쟁… 이런 어이없는 도박에 걸기에는 너무나도 커다란 이권들이었다.

중년 사내가 사람들을 가리키며 설명했다.

"아마존 밀림 벌목이나 마약 유통이나, 죄다 인류의 미래를 갉아먹는 사업들이야. 우리 모두 해서는 안 된다고 동의하지만, 그 막대한 이윤을 쉽게 포기할 수 있겠나? 불가능하지. 서로 몰래 노리는 걸 알아. 그런데 여기 어디 하나 만만한 사람이 있나? 우리가 괜히 힘 싸움을 한다면 서로에게 손해만 될 뿐이야. 그렇다고 토론을 한다면 어때? 이 양반들이 서로 이권을 양보하겠어? 종일 결정이 안 날 거야. 전쟁을 할 게 아니라면, 결국 제비뽑기가 가장 좋은 방식이라는 결론이 난 거지. 이 비밀 모임이 생긴 이후로 내려온 전통이다."

"하지만 이런 방식은 너무 이해가 되지 않습니다. 왜 하필

저런 놈의 담배 따위에 거는 겁니까?"

"우리 모임을 만든 최초의 인물이 담배 사업가였단 걸 모르나? 전통이야. 그리고 저 별 볼 일 없는 놈은 아주 어마어마한 과정의 산물이야. 우연에, 우연에, 우연에, 우연을 거듭해야만 모두가 이건 운명이라고 받아들일 수 있기 때문에, 그렇게 선택된 인간이지. 저놈이 피우는 담배로 결정되기까지 얼마나 많은 과정이 있었는지 아나? 특정 지하철의 지정된 자리에 44번째로 앉은 사람이고, 그 지하철은 전 세계에서 이 일주일간 두 번 사고가 난 유일한 지하철이었고, 44번째라는 숫자는 캘리포니아 어느 동물원의 거북이가 낳은 알의 개수고, 일본 어느 신문사에서 주최한 문학상 수상작에 가장 처음으로 나온 동물이 거북이였고, 그 신문이 정해진건 이번 트럼프 스캔들을 100번째로 보도한 신문이었기 때문이고… 정말 상상도 할 수 없는 우연의 끝에 정해진 운명의 사내가 바로 저 놈이다."

"으음."

"이 쟁쟁한 인물들이 납득하려면 그 정도의 운명 끝에 결정되어야만 하는 거지. 5년간 세상을 좀먹으며 떼돈 벌 기회를 얻으려면 말이다."

중년 사내는 시가를 꺼내 불을 붙이며 웃었다.

"사전조사에 의하면 저 친구가 하루 평균 반 갑의 담배를 피운다더군. 조금 아쉽지만, 생각해보면 재미있는 일이야. 오늘 평소보다 한 개비를 더 필까? 덜 필까? 담배 한 개비마다 천문학적인 금액이 왔다 갔다 한다는 걸 저 친구는 꿈에도 모르겠지."

"모르니까 더 불안하지 않습니까? 얼마가 걸린 이권인데 군이 이렇게…"

"간단히 생각해. 사실상 지구를 운영한다고 자처하는 양반들에겐 품위가 중요하거든. 어떻게든 쉽게 돈은 벌고 싶지만, 인류 지도층으로서 최소한의 양심을 지킨다는 모양새를 갖추고 싶은 거지."

시가를 빨아들인 중년 사내가 스크린 속 김남우를 돌아보며 말했다.

"시간이 됐군. 사전조사에 의하면 이제 저 친구 깨어나자마자 담배 한 개비로 하루를 시작할 거야. 과연 누가 가장 먼저 당첨될까? 우리 전통으로 첫 번째 당첨자가 선물을 돌리

기로 되어 있는데. 아, 시작됐군."

스크린 속 김남우의 방에서 핸드폰 알람이 울리자마자 모두의 시선이 스크린으로 향했다. 한데 얼마 안 가 그들은 당황했다.

"뭐야? 저놈 왜 안 일어나?"

간밤 야근에 철야까지 한 김남우가 깨어난 건 30분이나 지나서였다. 시계를 확인하며 사색이 된 김남우는, 씻지도 않고 대충 집 밖으로 뛰쳐나갔다. 지켜보던 이들의 얼굴이 일그러졌다.

"이런 씨! 담배를 두고 갔잖아!"
"저, 저, 망할!"

눈살을 찌푸린 젊은 청년이 옆의 중년 사내에게 말했다.

"예상하셨던 아침 담배는 물 건너 갔군요. 그러면 만약, 저놈이 하루에 한 개비도 안 피우면 어떻게 됩니까?"

"으음… 앞으로 5년간 아무도 그 사업을 하지 못하겠지. 5년간은 누구에게도 허락되지 않을 거야."

"그러면 안 되는 것 아닙니까?"

"이 전통은 절대적 규칙이야. 그러나 그럴 일은 없을 거다."

스크린을 보는 이들에게는 예상 밖의 일이긴 했지만, 비상은 아니었다. 김남우의 집에서 담배를 가져온 요원이, 지하철에서 김남우와 부딪히며 주머니에 몰래 담배를 넣었다.

지하철에서 내리자마자 황급히 달린 김남우가 사무실에 아슬아슬하게 도착했을 때는, 출근 시간인 9시의 3분 전이었다. 땀을 닦을 새도 없이 그는 곧바로 상사에게 불려가 깨졌다. 그 모습을 본 중년 사내는 혀를 찼다.

"정시 출근도 저렇게 욕을 먹나? 쯧. 그래도 우리로선 잘 됐군. 저렇게 스트레스가 쌓이면 담배가 많이 땡길 거야. 한국 직장인들이 업무 스트레스로 유명하지. 어쩌면 한 갑을 다 피울지도 모르겠는걸?"

마침내 상사의 잔소리가 끝나자, 중년 사내가 기대하며 자세를 고쳐 앉았다. 한데 곧, 그의 얼굴이 일그러졌다. 김남우는 잠깐의 틈도 없이 곧바로 자리에서 업무를 시작했다.

스크린 속에서 정적이 흐를수록 사람들은 실망했다. 2시간 만에 드디어 김남우가 담배를 챙겨 들고 화장실에 갈 때에도 마찬가지였다.

[김남우 어디 갔나! 회사에 똥 싸려고 출근했나?]

상사의 외침 한 번에, 휴게실 쪽으로 향하던 김남우가 급히 되돌아왔기 때문이다. 지켜보던 몇몇은 크게 분노했다.

"소리 지른 새끼, 어디 사는 누구야?"
"이름 체크해! 돈 내가 댈 테니까 무조건 길거리에 나앉게 만들어!"

젊은 청년은 불안한 얼굴로 중년 사내에게 물었다.

"이거 개입 안 해도 괜찮습니까? 아직 한 개비도 안 피웠다는 건 너무하지 않습니까?"

중년 사내도 조금 불편한 표정으로 팔짱을 꼈다. 그래도 그는 아직 대답할 말이 있었다.

"우리가 임의로 우연을 조절할 순 없다. 그래도 이제 곧 점심시간일 테니, 그때부터 풀리기 시작할 거다. 최소한 점심시간에는 자유로울 것 아닌가?"

그러나 그 말도 지켜지지 않았다. 점심시간에는 상사와 함께하는 거래처 접대가 있었다. 내내 맞장구 치며 비위 맞추느라 담배 피울 짬도 없이 점심시간이 끝났다. 회사로 돌아와서는 다시 곧바로 업무에 들어갔다.

거기까지 가자 중년 사내도 폭발할 수밖에 없었다.

"저런 쓰레기 같은 한국 회사!"
"이번 일 끝나면 저 회사 사버려! 아주 공중분해시켜!"

오후에도 김남우의 모습은 마찬가지였다. 상사에게 불려가서 계속 혼나고, 눈치 보면서 자리에서 꿈쩍도 못 했다.

세계 경제를 쥐락펴락하는 거물들은 몹시 초조해졌다. 김남우가 담배 두세 개피를 연달아 피울 리가 없으니, 6시 퇴근까지 한 시간에 하나씩 피워도 여섯 개비 밖에 안 됐다. 그

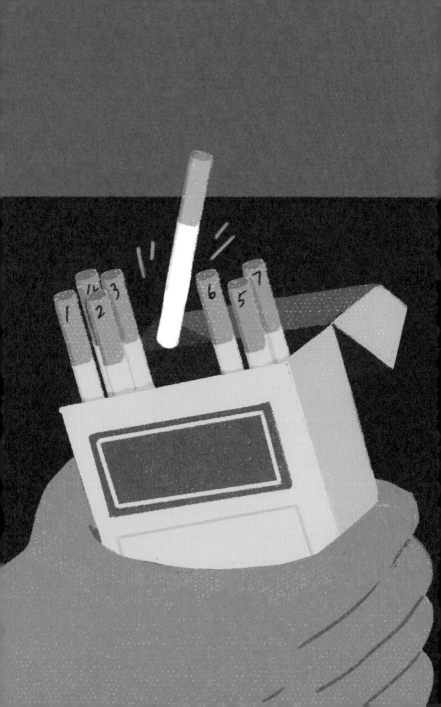

들 중 상당수가 쓴웃음을 지어야 할 상황이었다.

회사 일이 끝난 뒤에도 그들은 불안했다. 회식이 이어졌기 때문이다.

"설마, 일이 끝났는데 담배 피울 시간은 있겠지요?"

청년의 불안한 질문에 중년 사내는 침묵했다. 회식도 일이란 말을 차마 하지 못했다.

회식 자리에 도착해서 김남우는 묵묵히 좋은 말씀을 들어야 했다. 상사의 충고는 끊어질 듯 끊어지질 않았다. 끝없이 주어지는 술잔은 거부할 수 없었고, 리액션도 놓치면 큰일이었다. 강제로 앉혀진 사장님 옆자리에서 꼼짝도 할 수 없었다.

화면을 보는 거물들의 표정이 안 좋았다. 밤 10시를 넘길 때까지 단 한 개비의 담배도 피우지 않을 거라고 예상한 사람은 아무도 없었다. 오히려 답답한 그들만 시가를 피워댔다.

영영 불편한 침묵이 이어질 것 같은 그 순간, 마침내 기다리던 순간이 왔다. 김남우가 담배를 챙겨 들고 화장실로 향했다.

"오 오 오!"

화장실 변기에 앉은 김남우가 담배 한 개비와 라이터를
꺼냈다. 모두가 화면에 극도로 집중했다. 칙! 칙! 300원짜
리 라이터에 불이 잘 안 붙는 모습만으로도 거물들이 초조
해했다.

"여기서까지 설마…"
"아니, 이런 상황에서 변수는 없다."

젊은 사내와 중년 사내가 긴장하며 대화하던 그때, 김남우
의 고개가 자꾸만 아래로 떨어졌다. 이윽고,

"어어? 저거 혹시… 저 자식 지금 자는 거 아닙니까?"

졸도하듯 잠든 김남우의 손에서 담배가 떨어졌다. 김남우
는 그로부터 30분 후에나 상사에 의해 깨어났지만, 젊은 놈
이 빠졌다는 꾸중과 함께 곧바로 자리에 돌아가느라 담배
피울 시간이 없었다. 회식이 끝나고, 상사들을 다 배웅하고
겨우 김남우 혼자가 되었을 때는, 이미 12시가 지난 뒤였다.

"…"

설마 했던 0개비, 5년간 모든 사업 금지였다. 비밀 모임 역사상 최초의 사태에 모두가 할 말을 잃었다.

그 무거운 침묵을 깨고, 누군가 화난 목소리로 소리쳤다.

"한국의 노동자 착취 사업은 5년간 어느 분이 하고 계십니까? 거 그렇게 해서 얼마나 버는지 한번 들어나 봅시다!"

얼굴 운동법

[못생긴 분들, 축하드립니다.]

그 남자는 다소 기분 나쁜 첫인사로 TV에 등장했다. 그의 말이 더 기분 나쁜 이유는, 그가 엄청난 미남이었기 때문이다. 하지만 그의 말은 놀림이 아니라 순수한 진심이었다.

[이제 여러분도 잘생겨질 수 있습니다. 기뻐하십시오. 제가 '얼굴 운동법'을 찾아냈습니다!]

무슨 말도 안 되는 소리냐고 할 법도 하지만, PD가 그를 TV에 내보낸 것에는 이유가 있는 법. 그는 자세히 설명했다.

[우리가 열심히 운동하면 몸매가 좋아지지 않습니까? 가슴 운동을 하면 가슴이, 복근 운동을 하면 복근이, 그것과 마찬가지입니다. 얼굴 운동을 하면 얼굴이 좋아집니다. 제가 바로 그 증거입니다. 제 예전 사진을 지금 공개하겠습니다.]

화면에 공개된 사진은 동일인이라고는 절대 믿을 수 없는 사진이었다. 성형의 수준으로는 절대 안 되는 변화였다. 사내는 자신의 얼굴을 가리키며 환하게 웃었다.

[제 얼굴 잘생겼죠? 얼굴 운동으로 이렇게 변한 겁니다. 외모로 욕을 먹어보지 못한 사람은 모릅니다. 얼굴이 잘생기면 세상이 달라집니다. 비유법이 아니라 실제로 저를 대하는 사람들의 태도가 하늘과 땅 차이입니다. 저는 그걸 정말 뼈저리게 느꼈습니다. 그걸 알면서도 이 얼굴 운동법을 혼자만 숨기고 있을 순 없었습니다. 그래서 이렇게 여러분께 공개하기 위해 나온 겁니다. 우리 모두 예쁘고 잘생겨집시다!]

혼자 주먹을 불끈 쥔 사내는 고개를 돌려서 신호했다.

[그럼, 두 분 나와주세요!]

무대 위로 민낯의 남녀가 올라왔다.

[이 두 분은 앞으로 한 달 동안 정말 밥 먹고 얼굴 운동만 하게 될
겁니다. 24시간 동안 아주 빡세게 굴릴 겁니다. 지금은 제 말이 믿기
힘든 것을 알지만, 한 달 동안 이분들의 얼굴이 어떻게 변하는지 한
번 보십시오. 만약 지금부터 믿겠다 하시는 분은 방송을 보시고 얼
굴 운동을 열심히 따라 하시면 됩니다. 다만, 너무 섬세한 운동이라
방송 너머로는 잘 안 될지도 모릅니다. 제가 내일 얼굴 운동 센터를
오픈하니, 직접 오셔서 회원으로 등록하셔도 됩니다.]

사내는 일단 두 사람을 완벽한 차렷 자세로 만든 뒤 얼굴
운동을 시작했다. 그리고 펼쳐진 모습은 정말 기괴한 모습
이었다. 사람의 표정이 저렇게 변할 수 있을까 싶을 정도로
얼굴 근육을 마구잡이로 뒤틀었다. 금세 땀이 송골송골 맺
히는 모습을 보면 과연 운동이라 부를 만해 보이긴 했다.

첫 방송이 나간 뒤, 인터넷에 사내의 얼굴 운동법이 퍼졌
다. 물론 유머 콘텐츠로 소모될 뿐, 실제로 믿는 이들은 거의
없었다. 한데 보름 만에 상황이 달라졌다.

"어? 저 두 사람 얼굴 좀 예뻐진 것 같지 않아?"

"뭐지? 그 사이 성형했나? 근데 머리 크기도 약간 작아진 것 같은 느낌인데, 그게 말이 되나?"

"첫날 방송이랑 비교해보면 티가 확 나네! 이거 진짠가? 나도 등록해볼까…"

시간이 지날수록 사내의 얼굴 운동 센터가 미어터지기 시작했다. 헬스 기구 하나 없는 헬스장에는 똑바로 서서 얼굴을 일그러뜨리는 사람들로 가득했다. 사내는 돌아다니며 얼굴 자세를 교정했다.

"자, 고객님~ 볼살에 힘 빡 주시고! 제대로 힘 들어간 느낌 있어야 합니다! 아니, 거기 고객님! 눈썹 올리시면 안 된다니까, 잘못된 자세로 하는 운동이 더 나쁜 거 모르세요? 제대로, 제대로!"

방송에 나왔던 남녀가 한 달 만에 기적 같은 변화를 이룬 뒤에는, 얼굴 운동 센터에 자리가 없어서 몇 층을 확장해야 할 정도였다. 방송에 나왔던 남녀는 어느새 얼굴 운동 트레

이너가 되어 사내와 함께 일했다. 인터넷에서도 정밀한 운동법이 퍼지기 시작했고, 유튜버들도 앞다퉈서 얼굴 운동 영상을 찍었다. 국내를 넘어 해외까지, 순식간에 얼굴 운동법이 퍼졌다. 그럴 수 있었던 이유는 그 효과가 정말로 탁월했기 때문이다.

하루에 3시간씩 한 달만 운동해도 얼굴이 달라졌고, 반년 정도만 운동하면 누구나 호감형 외모를 가질 수 있었고, 1년을 꾸준히 하면 연예인급 외모의 소유자가 되었다. 다만, 얼굴로만 하는 운동이라고 해서 만만한 일은 아니었다.

"운동할 때 기름진 음식을 피하는 건 당연하죠? 그리고 얼굴 운동할 땐 화장품 사용을 참아야 합니다. 화장품 그거 다 나중에 못생김으로 갑니다."

"복근 운동할 때 먹으면서 하는 것 봤어? 러닝머신 뛰면서 일하는 것 봤어? 얼굴 운동을 무시하지 마! 운동 중에는 손끝 하나 움직여선 안 되고, 오로지 얼굴 근육에만 집중해야 하는 운동이라고! 집중 안 하면 그게 그냥 웃기는 표정 짓는 거지, 뭐야?"

"운동 시작 50분부터 못생김을 태우기 시작하니까 적어도 1시간은 해야 합니다!"

제자리에 서서 얼굴만 움직이는 건데도 거의 근력 운동만큼의 피로도가 있었다. 아침 출근길에 지하철을 타면 얼굴 근육통으로 경련을 일으키는 이들을 흔하게 볼 수 있었다.

센터에서 권장하는 건 하루건너 하루씩 얼굴 운동을 하고, 중간에 낀 날에는 신체 운동을 병행하라는 것이었다. 그러나 못생긴 얼굴로 살아왔던 이들은 피로고 뭐고, 하루에 10시간씩도 운동에 투자했다. 그만큼 그들이 살면서 받아온 아픔이 컸다.

악착같은 이들을 필두로, 절세미녀미남들이 세상에 흘러넘치기 시작했다. 성형외과와 화장품 회사들이 줄줄이 망할 정도로 거리에 미인들이 가득했다. 얼굴 운동을 전파한 사내는 방송에서 외모지상주의의 종말을 선언했다.

[제 꿈은 그 누구도 외모로 욕먹지 않는 세상이었습니다. 껍데기가 아닌 내실로 평가받는 세상이었습니다. 그날이 드디어 왔습니다. 이제 더는 잘생겼다고 용서받지 못합니다. 더는 예쁘다고 얻어먹지 못합니다. 면접은 순수하게 실력으로 결정되고, 같은 값을 내면 똑같은 서비스를 받습니다. 외모로 인한 이득, 외모로 인한 손해, 이제는 이 세상에서 모두 끝났습니다.]

사내는 이제 그 누구도 외모로 욕먹는 일은 없을 거라 생각했지만, 꼭 그렇지만도 않았다. 오히려 예전보다 더 쉽게, 대놓고 말할 수 있었다.

  "너 얼굴이 그게 뭐냐? 얼굴 운동 좀 해라! 요즘 세상에 얼굴 못생긴 건 게으른 거야!"

  얼굴 운동을 하지 않던 사람들은 헷갈렸다. 내가 게으른 거라고? 내 삶은 원래 그대론데, 그럼 인간의 기본값이 게으름인가? 그렇다면 인간은 참 구제 불능한 종이구나.

장난감 총

장난감 가게로 크게 성공한 양양양 씨는 자신의 모교에 기부하기로 했다. 평생 그가 나온 학교는 하나였는데, 가난한 아이들이 많은 동네 학교였다.

양양양 씨가 모교를 방문하자, 소식을 전해 들은 교장이 그를 환영해주었다.

"아이고, 정말 감사합니다. 우리 학교에도 이런 인물이 났습니다, 참! 하하!"

양양양 씨는 겸양의 웃음을 지은 뒤 말했다.

"기부금과는 별도로, 전교생에게 장난감을 하나씩 주고 싶군요. 제가 그 아이들 나이 때는 장난감이 정말 부러웠습니다."

"아이고, 정말로 훌륭한 생각이십니다."

교장은 양양양 씨의 편의를 봐드리겠다는 듯 말했다.

"장난감 총 150개랑 인형 162개면 됩니다. 전교생이 딱 312명입니다. 하하."

"네?"

"그러니까, 남자애들이 150명이고 여자애들이 162명이 란 말입니다."

양양양 씨는 잠시 교장을 바라보다가 말했다.

"아니요. 일단, 아이들이 어떤 장난감을 원하는지 물어본 뒤에…"

"아뇨 아뇨, 괜찮습니다. 그렇게 번거롭게 할 필요 없습니다. 번잡하게 얼마나 귀찮겠습니까. 그냥 남자애들은 총, 여자애들은 인형으로 통일하면 됩니다."

양양양 씨의 미간이 좁아졌다.

"진심이십니까?"

"예?"

영문을 모르겠다는 교장의 표정을 보며 양양양 씨는 고개
를 저었다.

"남자애라고 무조건 총을 준다는 건 이상하지 않습니까?
그럼, 만약 남자애가 인형을 원하면 어떡할 겁니까?"

"하하! 남자애들이 왜 인형을 원하겠습니까? 남자는 당연
히 총입니다."

양양양 씨가 꽉 막힌 인상을 받을 때, 교장이 혀를 차듯 말
했다.

"그리고 말이죠. 요즘 젊은 남자 놈들이 물렁해터져서 말
입니다, 원. 남자다움이 없습니다. 어릴 때부터 학교에서 남
자다움을 교육해줘야 한다, 이 말입니다. 전쟁 나면 걔들이

국가나 제대로 지키겠습니까?"

양양양 씨는 그제야 방 안에 전시된 교장의 특공대 시절 사진들이 눈에 들어왔다. 양양양 씨는 그래도 아니라고 말하려 했지만, 교장은 단호했다.

"하지만…"
"아뇨 아뇨, 그렇게 해주십시오. 제가 부탁드립니다. 장난감 하나에서도 배우는 게 있어야 하지 않겠습니까? 남자답게 클 수 있도록 도와주십시오."

가만히 교장을 지켜보던 양양양 씨는 고개를 끄덕였다.

"정 그렇다면, 알겠습니다."
"감사합니다! 우리 애들 교육에 큰 도움이 될 겁니다."

일주일 뒤, 전교생에게 선물을 나눠준 양양양 씨가 다시 교장실을 방문했다. 교장은 환하게 웃으며 반겼다.

"아이고, 고생하셨습니다. 감사합니다. 학생들이 무척 좋아하지 않습니까?"

"예. 정말 좋아하더군요."

"하하! 조금 있으면 쉬는 시간인데 아이들 총싸움하고 난리겠군요."

"그러게나 말입니다. 그리고 그중에는 특별한 선물을 받은 아이도 하나 있을 겁니다."

"예? 특별한 선물이요?"

양양양 씨는 교장의 눈을 바라보며 무표정하게 말했다.

"실은, 150개의 장난감 총 중에 실탄이 들어간 진짜 총 하나를 섞어놓았습니다."

"예?"

"방아쇠만 당기면 나가는 실제 총을 하나 섞어놓았단 말입니다."

"하하! 무슨 농담을…"

"농담이 아닙니다."

진지한 표정의 양양양 씨는 주머니에서 남은 실탄을 꺼내

내려놓았다. 교장은 실탄과 양양양의 표정을 번갈아 살피다가 두 눈을 부릅떴다.

"이게 뭐하는 짓입니까!"
"그 총을 받은 아이는 분명, 장래에 훌륭한 장군이 될 겁니다."

벌떡 일어난 교장이 삿대질을 했다.

"당신 미쳤어! 실탄이 든 총을, 뭐?"
"너무 걱정하지 마십시오. 안에 진짜 총이라고 메모를 붙여놨으니까 말입니다. 설마 사람에게 쏘겠습니까?"
"사리분별도 못하는 어린애한테 그런 위험한 물건을 쥐여주고 한다는 말이, 뭐!"

당장 멱살이라도 잡을 것 같은 교장을 보며, 양양양 씨는 태연하게 말했다.

"네. 사리분별도 못하는 어린애한테 제가 총 하나를 쥐여주었습니다. 근데 전 겨우 하나지만, 교장 선생님은 사리분별도 못하는 아이들 모두에게 그러지 않았습니까?"

"뭐?"

"제가 아이에게 총을 쥐여준 행위나 교장 선생님 마음대로 주입하려는 성향이나 비슷하게 위험하단 말입니다. 아직 사리분별이 어려운 학생들에겐 말입니다."

"뭔 개소리야!"

그때, 쉬는 시간을 알리는 종이 울렸다. 깜짝 놀란 교장은 황급히 밖으로 뛰쳐나갔다.

당장 교무실로 가서 난리를 피웠지만, 당장 회수가 가능할 리가 없다. 창밖으로는 벌써 운동장에 나와 총싸움 놀이를 하는 학생들이 보였다.

교장은 눈앞이 아찔해졌다. 본인의 학교에서 총기사고가 일어난다면?

"이런 씨!"

방법도 없지만, 무작정 밖으로 뛰쳐나갈 수밖에 없었다. 그때, 마주친 양양양 씨가 말했다.

"그렇게까지 걱정이 된다면, 그 학생의 반으로 제가 안내
해드리겠습니다."

"아, 알았으니까. 빨리! 빨리!"

양양양 씨를 앞세워 가는 길, 교장의 눈에 복도로 나온 아
이들의 모습이 보였다. 아이들이 총을 들고 있는 모습만 봐
도 가슴이 벌렁벌렁 미칠 것 같았다. 행여나 총구가 자신 쪽
을 향하면 움찔하고, 다른 아이들과 서로 겨누며 놀기만 해
도 괜히 버럭 댔다.

"야, 야! 거기 학생! 위험하게 총구를 사람에게 향하게 하
지 마라!"

교장에게는 이 복도가 실제 전쟁터처럼 끔찍하게 느껴졌다.

"제발… 빨리 좀!"

"네네."

"제발!"

교장은 가는 도중에 총성이 울릴까 봐 덜덜 떨렸다. 뒤에

서 양양양 씨를 밀며 재촉했다.

천만다행으로, 얼마 안 가 어느 교실 앞에 멈춰 선 양양양 씨가 한 학생을 가리켰다.

"저 아이입니다."

교장은 바로 달려가 외쳤다.

"너, 총 어쨌어? 장난감으로 받은 총 어쨌어!"
"네, 네?"

깜짝 놀란 소년이 겁을 먹었다. 교장은 애써 차분하게 다시 물었다. 아직 여기 있다는 건 사고가 났을 가능성이 없다는 거 아니겠는가?

"오늘 장난감 총 받은 거 어쨌니?"
"여, 여기 있는데요."

소년은 포장을 뜯지 않은 장난감 상자를 가방에서 꺼냈다. 교장은 크게 안도의 한숨을 내쉬었다. 소년은 자신이 무슨 죄를 지었나 싶은 얼굴로 눈치를 보며 말했다.

"장난감 포장을 뜯지 않고 가게로 가져오면 다른 장난감
으로 교환해준다고 하길래요. 전 퍼즐 장난감이 갖고 싶었
거든요. 안 되나요?"

"…"

말문이 막힌 교장은 학생의 불안한 얼굴을 바라보다가, 바
람 빠진 목소리를 내었다.

"아니다. 잘했다. 정말 잘했구나."

어느새 다가온 양양양 씨가 교장에게 말했다.

"장난감 포장을 뜯지 않은 학생들이 많습니다. 지금이라
도 장난감을 교환해주지 않을 테니, 총과 인형을 가지고 놀
라고 방송할까요?"

"…"

교장은 천천히 고개를 저었다.

파업의 원인

"아얏!"

두석규 사장이 정강이를 감싸 쥐었다. 잠이 덜 깬 채로 욕실에 가려다가 의자와 부딪힌 것이다. 그는 신경질적으로 의자를 발로 퍽 차고는 욕실로 들어갔다.

잠시 뒤. 다 씻고 나온 두석규는 로션을 바르기 위해 책상으로 향했다가 움찔 놀랐다. 의자의 앉는 곳이 늘어진 A4 용지처럼 축 처져 있었다.

두석규는 급히 TV를 틀었다. 관련 뉴스가 나오고 있었다.

[전국의 의자가 파업에 들어갔습니다. 의자의 파업은 올해 들어

처음입니다. 전문가들은 약 일주일의 파업 기간을 예상중입니다. 전국의 학교는 미리 땅바닥 수업을 준비하셔야…]

"뭐야, 이거?"

인상을 찌푸린 두석규는 어떻게든 의자에 앉아보려고 시도해봤다. 그러나 엉덩이 받침 부분이 힘없이 내려갔다. 억지로 걸쳐보려고 해도 절대 허용해주지 않았다. 말 그대로 의자의 파업이었다. 파업 중인 의자는 사람이 앉으면 무조건 미끄러트리기 때문에 쓸 수가 없다. 두석규는 의자를 책상 밖으로 치웠다.

[전문가들은 의자에 대한 부당한 처우가 쌓이고 쌓여서 터진 것으로 보고 있습니다. 정당한 의자 이용에 관한 주의점을 되새기는 한편, 특히 최근 흥행한 영화 〈보근고등학교〉에서 학교의 의자를 모조리 불태운 장면이 원인이 아니었나 하는 의견도 나오는 가운데…]

두석규가 책상 앞에 서서 로션을 바르는 동안, 뉴스 앵커가 의자 파업 캠페인을 읽기 시작했다. 파업 기간 동안 모든

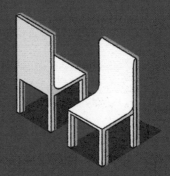

언론사에서 계속 내보내야만 하는 의무사항이었다.

[여러분 의자를 밟고 올라서지 맙시다. 의자 다리는 항상 수평을 맞춰줍시다. 의자를 무기로 사용하지 맙시다. 의자를…]

두석규는 TV를 꺼버렸다. 앞으로 며칠간 지겨울 정도로 듣게 될 캠페인이었다. 의자 파업 철회를 위해 이런 방법밖에 짐작 가지 않으니 어쩔 수 없다.

"빌어먹을!"

출근 준비를 마치고 나온 두석규는 자가용을 보고 욕을 내뱉었다. 자동차의 의자도 모두 파업 중이기 때문에 운전이 불가능했고, 대중교통을 사용할 수밖에 없었다.

두석규는 꽤 먼 거리를 걸어 버스에 올라탔다. 파업을 대비한 버스에는 의자 대신, 몸을 기댈 수 있는 기둥들이 서 있었다. 운전기사도 기둥에 기대 서서 손님을 맞이하는 중이다.

너도나도 대중교통을 이용하느라 꽉 찬 버스는 두석규를 불쾌하게 했다. 버스 안 라디오 소리조차도 거슬렸다.

[의자 다리는 수평을 맞춰줍시다. 의자를 무기로 사용하지 맙시
다. 의자를…]

"거, 라디오 채널은 다른 데로 좀 틀던가 끕시다!"

두석규의 마음과 똑같은 누군가가 버스 기사에게 항의했
지만, 버스 기사는 큰 소리로 받아쳤다.

"어차피 딴 데 틀어도 다 똑같고, 조금 기다리면 음악방송
하니까 좀 기다리쇼! 캠페인이 많이 나와야 얼른 파업이 정
상화되지! 서서 운전하느라 힘들어 죽겠구만!"

그도 더 항의하진 않았다. 여기서 의자 파업으로 가장 짜
증 난 건 버스 기사일테니까.

그때, 두석규는 무심코 판 코딱지 때문에 곤란해하고 있
었다. 양복에 닦을 순 없었다. 주변 눈치를 살피던 그는 아무
도 모르게 창문에 코딱지를 붙였다. 한데 잠시 뒤, 누군가 외
쳤다.

"어어어? 창문이 왜 이래!"

버스 안 창문의 유리가 돌돌 말리더니 모든 바람을 통과시키기 시작했다. 누군가 짜증 섞인 혼잣말을 중얼거렸다.

"이런, 창문도 파업이야!"
"아, 내 머리!"

사람들은 바람에 날리는 머리카락 때문에 투덜거렸다. 더 문제는 정면으로 바람을 맞아야 하는 버스 기사였다. 짧게 욕설을 내뱉은 버스 기사는 용접용 마스크를 꺼내 쓰고 운전했다. 창문이 파업했을 경우를 대비한 마스크였다.

버스 라디오에선 긴급뉴스가 나왔다.

[의자에 이어 전국의 창문이 파업에 들어갔습니다. 마찬가지로 올해 들어 첫 파업입니다. 각 가정에서는 비와 바람에 대비하여…]

두석규는 속으로 괜히 뜨끔했다.

'뭐야, 이거? 설마 나 때문은 아니겠지?'

[전문가들의 의견으로는, 아무래도 봄철 황사로 더러워진 창문 청소를 열심히 하지 않은 게 원인이지 않을까 판단하고 있습니다. 혹은 창문 제조 업체에서 재료에 불순물을 섞지 않았나, 경찰의 수사가 시작…]

간단히 소식을 전한 라디오에서는 곧, 의자 때처럼 창문 파업 캠페인이 흘러나왔다. 며칠간은 계속 흘러나올 내용이었다.

[창문에 돌을 던지지 맙시다. 창틀이 삐걱거린다면 기름칠을 해줍시다. 창문을 닦을 때는 안과 밖을 함께 닦읍시다. 창문을…]

두석규는 자신이 코딱지를 붙였던 창문을 찝찝하게 바라보다가 버스에서 내렸다.

회사에 도착한 두석규는 엘리베이터 거울로 흐트러진 머리를 점검했다. 나이 때문에 머리숱이 적은 게 안 그래도 신경 쓰이는데, 지금은 완전 엉망이다. 아무리 해도 머리 정리가 안 되자, 신경질적으로 거울을 퍽 치며 엘리베이터에서 내렸다.

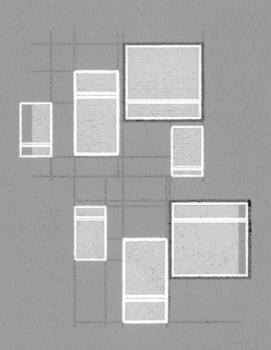

복도를 지난 두석규가 사무실로 들어가자, 비서가 곧바로 따라붙었다. 비서는 얼른 먼저 사무실의 불을 켰다. 6층의 사무실은 파업 중인 창문 대신 커튼이 쳐져 있어서 어두웠다.

"사장님, 안녕하십니까!"

"안녕 못 해."

"아, 예… 금산 사장님께서 발주비 문제로 연락해주셨습니다. 오늘까지 대답해주기로 하셔서, 어떻게 진행할지 물어보시던데요."

"아, 이런! 깜박했군! 어디에다 뒀지, 그걸?"

자신의 책상으로 걸음을 빨리한 두석규가 서랍을 뒤지기 시작했다. 옆에 서서 핸드폰을 확인하고 있던 비서가 놀란 소리를 냈다. 힐끔 쳐다본 두석규가 물었다.

"왜? 뭔데?"

"아, 그게… 거울이 파업을 했다고 합니다."

"뭐야?"

"지금 전국의 거울이 구겨진 쿠킹포일처럼…"

비서는 눈치껏 사무실 TV를 틀었다. 방송에서는 이미 거울 파업 캠페인이 나오는 중이었다.

[거울에 낙서하지 맙시다. 날카로운 것으로 거울을 긁지 맙시다. 거울을 벽에 걸 때는 못이 튼튼한가 꼭 확인을…]

움직임을 멈춘 두석규는 잠깐 생각에 잠겼다. 아까 엘리베이터에서 거울을 친 기억이 떠올랐다.

'에이, 설마… 나 때문은 아니겠지?'

그는 곧, 고개를 저었다. 그런 파업이 일개 인간 하나 때문에 일어날 리가 없지 않은가? 사물의 파업은 모든 인간에게 쌓인 불만이 터져서 일어난다는 게 학계의 정석이다.

두석규는 다시 책상 뒤지기에 전념했다.

"빌어먹을 놈의 서류가 어디 있는 거야! 너 몰라?"

"죄송합니다. 메일을 확인하고는 있는데… 나가서 찾아보겠습니다."

비서가 급히 나가고, 두석규는 짜증에 차서 '쾅! 쾅!' 소리
가 날 정도로 책상 서랍을 여닫았다. 그리고 책장 쪽으로 이
동하는데 갑자기,

쿠당탕 탕탕!

"어, 뭐얏! 이런!"

책상이 미끄럼틀처럼 기울어지며, 올려져 있던 모든 것을
바닥에 쏟아버렸다. 서랍까지 몽땅 침 뱉듯이 뱉어냈다.

"이런 망할! 뭐야, 책상도? 또 파업이라고? 아오!"

두석규는 바닥에 떨어진 노트북이며 전화기를 정리하다
가, 리모컨을 집어 들고 TV를 틀었다. 뉴스 앵커가 테이블 없
이 서서 소식을 전하고 있었다.

[긴급뉴스입니다. 전국의 모든 책상이 파업에 들어갔습니다. 하루
에 네 건의 파업이 발생한 건 사상 최초입니다.]

자신의 책상을 바라보는 두석규의 표정이 찜찜했다.

"뭐야, 진짜? 에이 씨, 설마 아니겠지?"

[전문가들은 책상의 파업을 예정된 결과로 보고 있습니다. 의자 파업 이후, 의자 대신 책상 위에 앉은 사람들 때문일 거라고 추측하는 가운데, 예전 사례들을 살펴보면…]

두석규는 쓰러진 물건들을 한쪽에 모으면서도, 섣불리 화를 내지 않았다. 아닐 거라곤 생각했지만, 영 찜찜했다. 아침에 의자부터 시작해서, 혹시 자기 때문에 파업을 하는 걸까 싶은 마음을 떨쳐버릴 수가 없었다.
TV에서는 모든 언론이 의무적으로 내보내야 하는 책상 파업 캠페인이 흘러나왔다.

[책상 정리는 주기적으로 합시다. 책상 위에 칼로 이름을 새기지 맙시다. 책상은 침대가 아닙니다. 책상 서랍이 덜컹거릴 경우 비틀림을 점검하여…]

"이런! 며칠간은 종일 파업 캠페인만 나오겠네."

투덜거린 두석규는 서랍에서 쏟아진 서류들을 주워서 정리했다. 다행인지 무엇인지, 나뒹구는 서랍 덕분에 찾고 있던 서류를 발견했다.

"오, 좋아!"

두석규가 일어나 서류를 살피며 사인하던 그때, 밖에서 다급한 발소리가 들려왔다. 이윽고, 문을 벌컥 열고 들어온 비서가 외쳤다.

"사, 사장님! 큰일입니다!"
"뭐가?"
"부품 공장에서 직원들이 지금 파업을 하겠다고 합니다!"
"뭐야?"

두석규의 표정이 흉악하게 일그러졌다. 비서가 빠르게 설명했다.

"정시 퇴근 보장과 낙후된 안전 장비를 새것으로 바꿔달라고 요구하면서…"

"월급 따박따박 나오면 됐지, 뭐?"

두석규는 불같이 화를 냈다.

"파업? 파업! 배부른 소리 하고 있네! 어디 한번 해보라고 그래! 그놈들 아니더라도 일할 사람은 널렸어! 당장 가서 전해! 바로 일에 복귀하지 않으면 모두 잘릴 각오 하라고! 손해배상도! 미리 변호사 연락하고!"

"네, 넵!"

비서는 불똥이 떨어질세라, 얼른 문을 닫고 나갔다. 화가 풀리지 않은 두석규는 들고 있던 볼펜을 문을 향해 던져버렸다.

"앗!"

두 눈이 커진 두석규는 혹시 볼펜의 파업이 일어날까 걱정했다. 바닥에 떨어진 볼펜을 긴장된 얼굴로 살피던 그의 고개

가 TV로 돌아갔다. 그러나 볼펜도, TV도 특별한 말이 없었다.

잠시 뒤, 두석규는 웃으며 고개를 끄덕였다.

"그러면 그렇지! 역시 파업이 나 때문에 일어난 게 아니었군. 하긴 내가 무슨 큰 잘못을 했다고, 나 때문에 파업이 일어나겠어?"

두석규는 여유 있게 볼펜을 주워들어 다시 서류에 사인을 시작했다.

TV에서는 파업 캠페인이 계속해서 흘러나왔다.

[여러분 의자를 밟고 올라서지 맙시다. 의자 다리는 항상 수평을 맞춰줍시다. 의자를 무기로 사용하지 맙시다. 의자를…]

[창문에 돌을 던지지 맙시다. 창틀이 삐걱거린다면 기름칠을 해줍시다. 창문을 닦을 때는 안과 밖을 함께 닦읍시다. 창문을…]

[거울에 낙서하지 맙시다. 날카로운 것으로 거울을 긁지 맙시다. 거울을 벽에 걸 때는 못이 튼튼한가 꼭 확인을…]

[책상 정리는 주기적으로 합시다. 책상 위에 칼로 이름을 새기지 맙시다. 책상은 침대가 아닙니다. 책상 서랍이 덜컹거릴 경우 비틀림을 점검하여…]

사람들은 어서 의자와 창문과 거울과 책상의 처우가 개선되어 파업이 잘 해결되기를 진심으로 바랐다.

　두석규가 서류에 사인을 끝냈을 때, 비서가 조심스럽게 얼굴을 내밀었다.

　"저… 아무래도 사장님이 공장에 한번 내려가 보셔야 할 것 같은데요. 사장님 오시기 전에는 대화를 안 하겠다고…"
　"뭐야? 일 안 하면 다 자른다고 하라니까! 그것도 못 해? 내가 시킨 대로 한 거 맞아?"
　"죄, 죄송합니다. 그게…"
　"이 멍청아! 그것들이랑 대화가 뭐가 필요해? 오늘 안에 일 복귀 안 하면 모두 자른다고 하고! 인력 사무소에 연락해!"
　"넵!"

　비서가 도망가듯 떠나자, 인상을 찌푸린 두석규가 답답한지 자기 가슴을 두드렸다.

"저런 멍청한 게 무슨 비서라고. 어휴!"

한데 잠시 뒤, 멀쩡하던 두석규의 몸이 기우뚱하다가 쿵!
바닥에 쓰러졌다. 잘게 떨리는 그의 몸 위로 TV 방송이 흘러
나왔다.

[긴급 속보입니다. 전국의 심장박동기가 파업에 들어갔습니다. 전
문가들은 오늘 이례적으로 일어난 다섯 건의 파업에 분명한 원인이
있을 거라…]

드림 카지노

"드림 카지노에 어서 오십시오!"

펭귄 같은 정장을 차려입은 중년 남성이 만면에 미소를 띠
웠다. 그의 등 뒤로, 거대하고 휘황찬란한 카지노 건물이 위
용을 뽐내고 있다.

모여든 사람들은 저마다 영문을 모르는 얼굴로 주변을 둘
러보았다. 내가 왜 여기에 있을까? 그럴 수밖에 없다. 이것은
꿈, 사람들이 꾸고 있는 꿈속 세상이니까.

카지노의 지배인은 어리둥절해하는 사람들에게 설명했다.

"저는 늘 우리나라에서 카지노를 운영해보고 싶었습니다.

하지만 제약이 많죠. 그래서 마법 학교를 수석으로 졸업한 학생에게 부탁했습니다. 덕분에 이렇게 사람들의 꿈속 공간에 카지노를 열 수 있게 된 겁니다! 사랑하는 고객 여러분, 어서 저희 드림 카지노로 들어오셔서 마음껏 즐기시기 바랍니다!"

카지노의 커다란 문이 활짝 열리고, 호기심에 찬 사람들이 하나둘 입장했다. 정문을 지키던 지배인과 똑같이 생긴 직원들이 사람들을 안내했다.

"음료를 드릴까요? 식사를 하시겠습니까? 아니면 각종 편의시설을 둘러보시겠습니까?"

7성급 호텔을 방불케 하는 고급스러운 건물 안에는 즐길 거리가 가득했다. 온 세상 음식들이 다 차려져 있는 듯한 만찬장, 바다를 옮긴 듯한 수영장, 마사지 시설과 사우나, 각종 스포츠 코트, 스위트룸 등등.
지배인 사내는 자랑스럽게 설명했다.

"현실에서는 절대 이런 카지노를 만들 수 없을 겁니다. 부지를 선정하고, 건물을 올리고, 직원을 고용하고, 얼마나 돈이 많이 들겠습니까? 그렇지만 이곳은 꿈입니다. 꿈속에서는 땅값도 건설비도, 세금도 필요 없습니다. 신선한 음식도 영원히 제공되고, 전기료나 다른 관리비도 들지 않지요. 모든 직원이 저이기 때문에 인건비조차 들지 않습니다. 정말이지 최고 아닙니까?"

안내인은 최종적으로 카지노의 메인, 게임장을 소개했다.

"슬롯머신, 바카라, 블랙잭, 빅휠, 룰렛 등등! 모든 흥미로운 게임이 최신 설비로 갖춰져 있습니다! 고객님들께 가장 좋은 게 뭔지 아십니까? 기존 카지노는 유지비와 세금 때문에라도 여러분에게 불리한 승률이 적용되어 있지만, 저희 드림 카지노는 그런 게 없기 때문에 최대한 여러분에게 유리한 승률이 적용되어 있단 말입니다! 세상에서 가장 이기기 좋은 카지노가 바로 저희 드림 카지노입니다!"

자신감 있는 지배인의 말은 설득력이 있었다. 관심 있던 사람들은 저마다 게임장으로 입장했다. 한데,

"뭐야? 어떻게 하는 거야?"

"칩을 어떻게 얻는 건데?"

"돈이 없는데 뭐 어떻게 게임을 하라고?"

그 소란에, 지배인이 웃으며 설명했다.

"카지노를 빈손으로 즐길 수 없는 게 당연하지 않습니까? 꿈속으로 현실의 돈을 들고 오는 방법이 있습니다. 잠들기 전, 베개 밑에 현금을 깔고 주무시면 그 돈을 들고 올 수 있습니다. 만약 저희 카지노에서 돈을 딴다면, 깨어나셨을 때 베개 밑이 무척 두둑할 겁니다. 하하하!"

그 설명의 끝으로 지배인이 크게 고개 숙였다.

"그럼 저희 드림 카지노의 소개는 이렇게 마무리하고, 다음에 정식 오픈으로 찾아뵙겠습니다. 입장을 원하시는 분은 언제라도 베개 밑에 돈을 깔고 주무시면 됩니다."

여기서 사람들의 꿈은 끊어졌다. 다음 날 깨어난 사람들은 신기한 일이라며 떠들고 다녔는데, 자신뿐만이 아니라 다른

사람들도 똑같은 꿈을 꿨다는 사실에 놀랐다. 더 놀라운 것은, 실제로 베개 밑에 돈을 깔고 잤더니 카지노 꿈을 또 꾸게 되었다는 것이다.

"드림 카지노에 오신 걸 환영합니다! 어떻습니까? 멀리 해외까지 찾아갈 필요도 없고, 내 집에서 즐기는 카지노가 참 좋지 않습니까?"

지배인은 너무 놀라 망설이는 사람들의 입장을 장려했다.

"굳이 카지노 게임을 즐기시지 않더라도 자유롭게 입장해주시길 바랍니다. 저희 카지노를 만들 때 돈이 들지 않았던 만큼, 모든 편의시설은 당연히 공짜입니다! 세계의 산해진미를 마음껏 맛보시는 건 어떻습니까? 꿈속에서는 먹어도 살이 찌지 않는답니다. 하하하!"

그 말에 사람들이 드림 카지노로 입장하기 시작했다. 뷔페, 마사지, 해수욕… 사람들은 7성급 호텔에서 호캉스를 즐기는 기분이었다. 그것만으로도 나쁘지 않았다. 그 유인책에 넘어간 사람 중, 카지노 게임장으로 향한 사람들의 환호성도 컸다.

"세상에! 룰렛 한 번에 100만 원을 땄잖아? 이거 진짜 돈이지?"

"하하하. 그럼요, 고객님! 고객님이 가지고 온 돈이 실제 돈인데, 따신 돈이 가짜이겠습니까? 이대로 꿈에서 깨신다면 베개 밑을 꼭 확인해보시길 바랍니다."

돈을 잃는 사람도 있었지만, 어차피 베개 밑에 큰돈을 놓고 온 사람은 없었다. 오히려 돈을 따는 사람들의 비율이 꽤 되는 편이었다. 지배인은 자신 있게 말했다,

"승률이 높지 않습니까? 저희는 세금을 내지 않기 때문입니다. 우리나라에서 카지노가 불법이라 한들, 국가가 꿈속까지 어떻게 단속하겠습니까? 마음 놓고 세계 최고 승률의 카지노를 즐기시길 바랍니다. 하하하!"

꿈에서 깬 다음 날 아침, 베개 밑을 확인한 사람들은 모두 놀랐다.

"헐, 진짜 내 돈이 사라졌네?"

"세상에! 진짜로 내가 딴 만큼 현금이 있잖아?"

이 사실이 전국으로 알려지자, 그날 밤 드림 카지노를 방문한 사람들의 숫자는 어마어마하게 늘어났다.

단돈 100원을 들고 가서 편의시설을 즐기기만 하는 사람들도 있었고, 10만 원을 들고 가서 카지노를 즐기는 사람들도 있었다. 어떤 방식이든, 일단 이 믿을 수 없는 신기함을 경험하는 것 자체로 좋았다.

다음 날 잠에서 깬 사람들의 인증들이 모두 광고가 되었다.

"불도장이란 걸 먹어봤는데. 와, 그게 그런 맛인 줄 평생 몰랐어, 난!"

"최상급 송이버섯을 무슨 쥐포 뜯어 먹듯 할 수 있는 곳이야!"

"카지노 앞 바닷속 산호초랑 물고기들이랑 너무 아름답더라! 해변에 누워 있다가 아침에 깼는데, 잠깐 바다 냄새가 느껴질 정도였다니까."

"거기 객실 침대가 너무 푹신해서 얼마짜리냐고 물어봤더니, 내 집 값이던데? 와!"

"글쎄, 거기 배드민턴장에서 동호회 사람을 만났지 뭐야? 내일 또 보기로 했어!"

"우리 가족 이번에 휴가 못 갔잖아. 그래서 어제 다 같이 돈 깔고 잠들었더니, 거기서 만났어. 완전 휴가 대신 즐기고 왔다니까."

이들은 주변인들에게도 100원을 들고 가서 편의시설을 즐기라며 추천했다. 카지노 게임을 즐긴 사람들의 경우는 딴 돈으로 광고했다.

"나 어제 딱 만 원 들고 갔거든? 그런데 슬롯머신 대박이 터진 거야! 221만 원 벌었어! 진짜 아드레날린 폭발이다, 와!"

"십만 원 들고 가서 두 배 정도 땄어. 나뿐만이 아니라 대부분 돈 따는 것 같던데? 진짜 지배인 말대로 승률 장난 아니야."

사람들의 인증이 늘어날수록 드림 카지노 이용자가 폭발적으로 증가했다. 그렇게 천만 명이 넘는 사람이 드림 카지노를 방문해도, 전혀 혼잡하지 않았다. 꿈속 공간은 무한히 확장할 수 있었다.

"오늘도 찾아와주셔서 감사합니다, 고객 여러분! 저희 드림 카지노를 마음껏 즐기시길 바랍니다! 오늘은 새로 동물원을 오픈했습니다. 아이들에게 동물을 보여주세요!"

사람들의 지겨운 일상 속에, 드림 카지노는 말 그대로 꿈 같은 공간이었다. 꿈에서 최고급 편의시설을 즐기는 것만으로 일상에 활력이 되었다. 한데, 그 최고급 편의시설들은 한 가지 공통점이 있었다. 카지노 게임장으로 통하는 문과 창이 달려 있다는 점이다.

"뻔히 미끼인 게 보이네. 그러나 절대 카지노에 중독될 순 없지. 우린 그냥 밥만 먹으러 온 거야."
"여보! 나 몰래 10만 원 베개 밑에 깔고 온 것 아니지? 절대 카지노엔 눈독도 들이지 마!"

카지노 게임장은 즐기는 사람만 즐길 뿐, 일명 '100원족'이라고 불리는 이들은 편의시설만을 즐겼다. 그러나 눈에 보이면 자꾸 관심이 가는 게 인지상정이다.

"만 원 정도는 써도 되지. 로또도 오천 원인데."

"김 대리가 룰렛 대박 터졌다던데, 나도 한 번만…"

일반적인 카지노의 중독성은 접근성과 비례한다. 세상 최고의 접근성을 가진 이 카지노에 중독되지 않기란 힘든 일이었다.

"그만두고 싶은데, 저도 모르게 자꾸 베개 밑으로 손이 갑니다. 차라리 해외 카지노면 안 가면 되는데…"

"아침에 일어났을 때, 베개가 너무 높아서 목이 아픈 기분을 아십니까? 지난밤 딴 현금이 한가득 쌓여서 그런 건데, 그 느낌에 중독되면 빠져나올 수가 없어요."

십만 원, 백만 원, 천만 원, 점점 베개 밑에 까는 돈의 액수가 늘어났다. 국가적으로 난리가 났다.

[국민 여러분! 카지노 도박은 명백한 불법입니다! 아무리 꿈속이라 해도 속인주의를 적용하기 때문에 예외는 없습니다!]

그러나 속수무책이었다. 국민이 몇 백만 원짜리 도박을 해도 증거가 없는데 어떻게 잡겠는가? 꿈을 검열할 수도 없으니.

시간이 지날수록 드림 카지노에 중독되어 삶을 망치는 사람들이 늘어갔다. 아무리 드림 카지노의 승률이 높다고 해도 카지노는 카지노다. 장기적으로 보면 돈을 잃을 수밖에 없다.

국가 입장에서는 환장할 지경이다. 세금도 내지 않는 카지노가 국민들의 피를 빨아먹고 있으니 말이다.

[드림 카지노 입장을 불법으로 규정합니다! 앞으로 베개 밑에 돈을 넣는 행위는 모두 불법으로 간주되며, 발각될 경우 1천만 원 이하의 벌금형에 처합니다!]

법을 만들어도 단속이 쉽지 않았다. 남의 가정집을 어떻게 단속할 것이며, 아니라고 잡아떼면 뭘로 증명할 것인가?

국가가 할 수 있는 최선의 방법은 드림 카지노의 주인을 잡아들이는 것이었지만, 실패했다. 그가 어디에 숨어 있는지 알 도리가 없었다. 결국, 정부 관계자들은 교섭을 위해 단체로 꿈을 꾸었다. 드림 카지노의 지배인을 찾아간 그들은 말했다.

"드림 카지노를 공식적으로 인정해드릴 테니, 중독방지법에 협조해주시고, 세금도 내십시오!"

그러나 지배인은 비웃었다.

"세금을 낼 것이었으면 뭣 하러 꿈속에 카지노를 차렸겠습니까? 내 사업은 세상 어느 국가에도 속해 있지 않습니다! 내가 번 돈은 모두 내 것이지!"

지배인은 일부러 자랑하듯 금고를 공개했다. 커다란 방 한 가득 현금이 쌓여 있었다. 카지노 이용은 카드나 수표도 안 되고 오직 현금으로만 가능했기에 규모가 어마어마했다. 그 모습을 본 교섭단은 이를 갈았지만, 방법이 없었다.

"이보시오! 당신도 우리나라 사람 아니오! 같은 국민으로서 국가에 세금을 내는 건 당연한 것 아닙니까?"
"국가가 내게 해준 게 뭐가 있다고? 내 돈은 한 푼도 뺏어갈 수 없다. 원한다면 알아서 걷어가 보던가?"

뻔뻔한 태도에 분노한 교섭단이 강력하게 경고했다.

"당신이 영영 잡히지 않을 수 있을 것 같나? 당장 내일부터라도 현상수배가 걸릴 것이오! 이미 당신의 얼굴을 모르는 국민이 없으니 언젠가는 잡힐 텐데, 그때 가서 어떻게 나오나 봅시다! 온갖 죄목이 붙어 무기징역을 각오해야 할 것이오!"

강력한 경고에도 지배인은 코웃음 치며, 이렇게 말했다.

"나를 잡겠다고? 아무리 꿈이라지만, 꿈도 야무지군! 그 누구도 나를 체포할 수 없어! 우리 드림 카지노가 어떻게 24시간 운영되고 있다고 생각하나? 이 카지노의 지배인이자 관리인이자 직원인 내가 24시간 상주하고 있기 때문이라고! 나는 24시간 꿈을 꾸고 있다. 현실에 내 육체가 없는데 어떻게 나를 잡겠는가? 으하하하!"

"뭐라고?"

"나는 영원히 체포되지 않아! 영원히 불법 카지노를 운영할 것이고, 세금도 내지 않을 것이고, 계속해서 떼돈을 벌 테지!"

정부 관계자들은 당황했고, 또 이해할 수가 없었다.

"아니, 그럼 그 많은 돈을 뭣 하러 모으는 거야? 24시간 꿈 속에만 있으면 돈이 왜 필요해?"

"…"

드림 카지노의 지배인은 그 질문에 아무런 대답도 하지 못 했다. 약간 충격받은 얼굴이었다. 떼돈을 벌기 위해 카지노 를 열었고, 돈은 많으면 많을수록 좋다는 생각으로 일했는 데, 그들의 말을 듣고 보니 의미가 없지 않은가?

정부 관계자들은 약점을 잡은 것처럼 비아냥거렸다.

"어디 쓸 곳도 없는 종이 쪼가리에 파묻혀서 얼마나 행복 할지 궁금하네."

"세금도 안 내고 부러워 죽겠네. 그렇게 번 돈으로 집도 사 고 차도 사고 하면 되겠네. 꿈속에서 말이야."

"…"

아무 반박도 못 하는 지배인에게 그들은 말했다.

"당신이 세상에서 가장 돈이 많을지는 모르겠지만, 세상에서 가장 불행할 것이야!"

이날의 방문이 지배인에게 큰 고민을 불러왔는지, 이후 드림 카지노에 한 가지 시스템이 생겼다.

"돈을 다 잃었다고요? 괜찮습니다! 무담보, 무이자로 돈을 1억까지 빌려드리겠습니다!"

도박 중독으로 폐인이 되어 있던 이들은 환호했다. 단, 거기에는 한 가지 조건이 붙었다.

"기한 안에 돈을 못 갚으면, 저희 드림 카지노 직원으로 일해주셔야 합니다. 24시간 근무, 즉 현실의 육체를 버리고 말입니다."

말도 안 되는 조건이었지만, 도박 중독자들에게는 먹혔다. 당장의 도박을 위해선 가족도 팔 수 있는 게 중증 도박 중독자들이다. 시간이 지나 돈을 갚지 못한 중독자들이 드림 카지노의 직원으로 나타났다. 음식을 서빙하고, 길을 안내하고, 딜러 일을 하는 그들은, 그동안 지배인의 얼굴만 보느라 지겹던 고객들에게 신선함을 안겨주었다. 지배인은 말했다.

"꿈속에서 쓰지도 못할 돈으로 뭘 하냐고? 나 같은 사람들을 늘리는 데 쓰겠다. 나는 이 돈으로 영원히 이곳의 왕으로 군림할 것이다!"

그의 야망은 빠른 속도로 이루어졌다. 도박 중독자들은 현실의 사람들이 죽어나가는 모습을 제 눈으로 보면서도 멈추지 못했다. 카지노를 시작한 사람은 길든 짧든 십중팔구 꿈속으로 끌려갔다. 그 모습을 보면서도 새로운 카지노 중독자들이 매일 유입됐다. 나는 다를 것이란 생각으로, 나는 자제할 수 있을 거란 믿음으로.

2인 1조

자유의 여신상에 외계인이 나타났다.

붉은색 빛무리로 이루어진 외계인의 외향은 인간을 닮아 있었는데, 그 크기가 자유의 여신상과 같았다. 외계인은 신기하다는 듯 여신상 주변을 맴돌았다.

인간들이 경악하며 도망치는 와중에, 두 번째 외계인이 뒤이어 나타났다. 자유의 여신상과 같은 푸른색 빛무리의 외계인이었다.

둘은 마치 연인처럼 자유의 여신상을 구경했다. 그러다 어느 순간, 서로 깊은 포옹을 하듯 하나로 합쳐지더니, 번쩍! 온 세계로 붉고 푸른 빛무리를 흩날리며 터져나갔다.

그 순간, 전 인류의 피부색이 선명한 붉은색과, 선명한 푸른색으로 변해버렸다.

깜짝 놀란 인류를 더욱더 놀라게 했던 것은, 인류가 새로이 갖게 된 성질이었다.

3미터 이내에 있는, 같은 색의 인간들은 서로를 튕겨내었다. 다른 색의 인간들은 서로의 몸이 끌어당겨져 붙어버렸다.

말 그대로, 인류는 자석이 되었다.

서로를 튕겨내는 것은 그래도 괜찮았다. 서로 붙어버리는 일이 문제였다.

한번 붙어버린 두 사람은, 어떠한 힘을 써도 절대 떨어질수가 없었다. 발가락 끝 하나라도 반드시 서로의 신체가 접촉해 있어야만 했고, 강제로 힘을 동원해 떼어놓으려 하면, 오히려 뼈가 꺾일 지경이었다.

그들의 불편함은 엄청났다. 밥을 먹을 때도, 잠을 잘 때도, 화장실을 갈 때조차 함께해야만 했다. 거기다가 한번 두 사람이 붙어버리면, 그들 외의 다른 모든 인간들을 3미터 밖으로 튕겨냈다. 오직 서로만이 접촉할 수 있는 유일한 인간이

되는 것이다.

시간이 흐르면 흐를수록 인류의 대다수가 붙어버려, 전 세계적으로 인간은 2인 1조의 기본 구조를 띄게 되었다.

이로 인한 사태는 그야말로 심각했고, 사람들은 해결법을 찾기 위해 노력했다. 먼저, 이 모든 사태의 원흉인 외계인들이 도대체 왜 이런 짓을 저질렀는지 알기 위해 노력했다.

그러다, 유일한 예외를 통해 그 원인을 짐작했다. 피부색이 다른 인간일지라도, 직계가족끼리는 붙질 않았던 것이다.

그렇게 되자 어떤 이는, 외계인의 의도를 낭만적으로 짐작했다.

"외계인이 원하는 것은, 두 존재의 영원한 사랑입니다! 다른 그 누구도 끼어들 수 없는 사랑!"

일부는 그의 말이 일리가 있다 생각했지만, 대부분의 사람들은 그럴 수 없었다. 그의 말을 인정하기엔 외계인의 행위가 너무나 대책이 없었던 것이다.

"그럼 남자끼리, 여자끼리 붙어버린 사람들은 뭡니까?

15살 어린애랑 70세 노인이 붙어버린 건 뭡니까! 사랑하는 배우자를, 애인을 따로 두고 강제로 남과 붙어버린 사람들은 뭡니까!"

당연한 반박이었지만, 그는 자신의 주장을 위해 억지를 썼다.

"꼭 남녀 간의 육체적인 사랑이 아니라, 외계인이 생각하는 어떤 정신적인 사랑이 있을 겁니다!"

그의 주장은 받아들여지지 않았다. 하지만, 다른 그 어떤 일리 있는 해석도 나오지 못했다. 또한, 이 심각한 사태를 해결할 방법도 찾질 못했다.

다만, 2인 1조에서 벗어날 수 있는 딱 한 가지 방법이 있었다. 상대방의 죽음.

그로 인해 사태 초창기, 전 세계적으로 많은 죽음이 발생했다. 짝이 된 상대방을 참지 못하고 죽여버리는 살인들이 너무나도 많았다.

한바탕 광기 어린 살인 주기가 지나고, 많은 사람들이 평

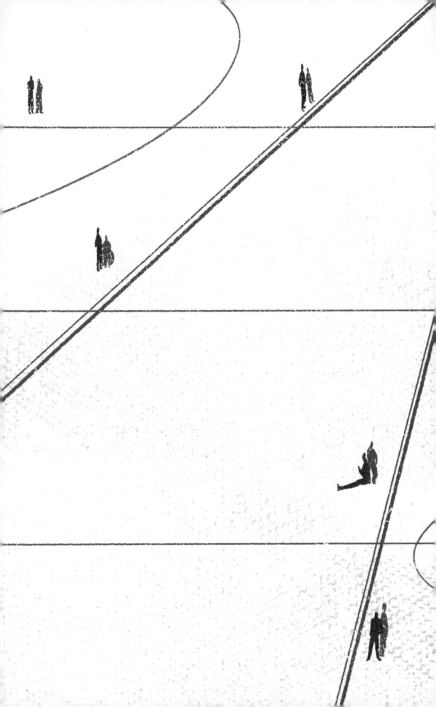

화를 외쳤다. 사람이 이렇게 쉽게 사람을 죽여선 안 된다고 목놓아 소리쳤다.

사람들은 조금씩 안정을 되찾아갔다. 살인이 아니라면, 남은 건 공존이었다.

이후 인간이라는 종에게 있어 가장 중요한 것은, 평생을 함께해야 할 상대방과의 관계였다. 그렇지 않으면 인류는 계속해서 서로를 죽이고 죽이다 끝내 쇠퇴의 길을 걸을 것이기 때문이다.

사람들은 짝에 대한 불만과 스트레스를 평화적으로 풀어나가려 애썼다. 평생을 함께해야 할 존재임을 인정했고, 서로를 존중했다. 물론 쉽지 않은 일이었고, 여전히 어딘가에선 살인이 일어났다. 그럼에도 불구하고 사람들은 끊임없이 노력했다.

어떤 이들은 서로 사랑하는 사이가 되기도 했고, 어떤 이들은 누구보다 가까운 친구 사이가 되기도 했고, 어떤 이들은 평생을 함께 의지할 조력자가 되기도 했다.

그런 과정들 속에서 남남커플, 여여커플의 결혼도 생기곤 했다.

외계인 사태 이전엔 많은 국가들과 단체들이 반대하던 일이었지만, 지금은 그럴 수 없었다.

"어쩔 수 없는 일인데 어쩌라고? 어차피 평생 한 사람하고
만 붙어 있어야 하는데 어쩔 수 없잖아?"

공식적으로 전 세계의 모든 정부는 동성커플의 결혼을 합
법화했고, 모든 단체들은 손가락질을 멈춰야만 했다.

모든 사회 시스템도 2인 1조를 기준으로 재편되었다. 이
동수단, 생활용품, 편의용품… 모든 것들이 2인용이 기본이
되었다.

서로를 3미터 밖으로 튕겨냈기 때문에, 모든 건물과 거리,
도로들이 매우 넓어졌다. 도심 지역의 멀미 나는 밀집도 사
라졌고, 의외로 인간들은 여유 있는 삶을 살게 되었다.

모든 교육은 서로를 배려하는 법과 존중하는 법을 최우선
으로 교육했다. 모든 방송에서 좋은 관계 유지를 위한 솔루
션을 자주 내보냈다. 모든 사회 분위기가 배려, 존중, 사랑,
우정 같은 가치들을 최우선적 가치로 삼았다.

인간이라는 종은 결국, 이 사태에 적응하는 데 끝끝내 성
공했던 것이다.

．
．
．

그리고 몇십 년 만에, 잊고 있었던 빛무리가 자유의 여신상 앞에 뭉쳐졌다.

외계인들이었다. 몇십 년간의 깊은 포옹을 끝낸 듯, 붉은 빛무리와 푸른 빛무리로 나뉘어진 외계인은, 그대로 지구를 떠났다.

그러자 전 인류의 빨갛고 푸르던 피부색이 모두 원래대로 돌아갔다. 인류가 가지고 있던 자석 같은 성질도 사라져버렸다. 하지만, 원래대로 돌아가지 않은 것들이 있었다.

인간과 인간이 서로를 배려하고 존중하는 관계의 중요성은 여전했고, 동성끼리 사랑하는 것은 여전히 괜찮은 일이었고, 교육의 최우선은 여전히 인성이었고, 배려, 존중, 사랑, 우정의 가치도 여전히 높았다.

이제 인류에게 남은 수순은 한 가지였다. 2인 1조에서, 다인 1조가 되는 것. 지금의 인류에겐 충분히 가능한 일이었고, 충분히 행복한 일이었다.

정의형

가을 추수를 끝낸 논에 우주선이 내려앉았다. 처음 맞이한 외계인의 존재에 인류는 난리가 났지만, 그들은 단지 휴가 중일 뿐이었다.

[지구 기준으로 일주일만 머물다 가겠습니다.]

엄청난 과학력을 가진 외계인이 어설픈 작전을 펼칠 리도 없으니, 정부는 경계보다는 교류하자는 입장이었다. 정부에서 당장 그들을 청와대로 초청했고, 그들은 이틀 만에 우주선을 청와대 앞으로 옮겼다. 한데, 대통령과의 만찬을 앞두고 외계인 측이 노발대발 화를 냈다.

[이런 절도범을 봤나!]

외계인들은 한 남자를 현장검거 했다.

[저희 우주선은 360도 모든 상황을 CCTV처럼 촬영합니다. 무단 침입해 엠블럼을 뜯어간 절도죄까지 모든 죄가 명백합니다! 즉결심 판하겠습니다. 징역 3년입니다!]

인류는 당황했다. 정부 관계자는 무례를 범해서 죄송하다 며, 당장 그 남자를 교도소로 보내겠다고 했다. 하지만 외계 인이 말한 즉결심판이란, 본인들이 내리는 것이었다.

구경꾼들이 지켜보는 가운데, 외계인이 그 남자에게 광선 총을 쐈다.

"헉!"

구경하던 모두가 깜짝 놀랐지만, 피가 튀진 않았다. SF 영 화처럼 소멸하는 일도 없었고, 남자는 그대로였다. 단 하나, 한쪽 귓불에 별 모양 반점이 생겼을 뿐이다. 외계인이 무엇을 한 것일까? 그들의 판결문은 이러했다.

[무단침입과 절도죄로 현장 검거, 징역 3년입니다. 당신은 앞으로 3년간 정의로워질 겁니다.]

정부 관계자가 상황을 묻자, 외계인이 친절하게 대답해주었다.

[교도소요? 아하! 저희 별에는 교도소란 게 없습니다. 저희 별에서의 징역은 정의형입니다. 죄의 경중에 따라 몇 년에서 무기징역까지, 강제로 정의로워지죠. 네네, 저희 별의 교화 방식은 그렇습니다.]

효과는 바로 알 수 있었다. 절도범 남자는 정의로움에 치를 떨며 자책했다.

"죄송합니다! 해선 안 될 범죄를 저질렀습니다! 앞으로는 정직하게 살겠습니다! 그리고, 알려드릴 게 있습니다. 저는 A기업의 의뢰를 받고 행동한 것입니다. 그들은 외계인의 물건을 어떻게든 확보하기 위해 저를 사주하였고, 수단과 방법을 가리지 말라고 했습니다."

그의 고발로 A기업의 관계자들도 정의 광선을 맞았다. 정
의로워진 관계자들은 본인의 모든 죄와 알고 있던 자사의
비리를 모조리 자백했다. 물론 거기까지는 외계인의 처벌범
위가 아니었지만, A기업은 대대적인 경찰 수사를 피할 수 없
게 되었다. 작은 절도를 시도했던 A기업은 졸지에 발칵 뒤집
혀버렸다.

이 사건은 인류에게 큰 충격이었다.

"정말로 선진 시스템입니다! 완벽한 교화에다가 범죄의
뿌리까지 뽑을 수 있다니! 인류의 교도소 시스템이 부끄러
울 정도입니다. 만약 저런 시스템이 가능하다면 교도소 내
인권 문제, 교도소 운영비 문제, 노동 인구 손실 문제까지 모
조리 해결될 겁니다!"

사람들의 호응에 외계인이 화답했다.

[원하신다면 '정의의 구'를 하나 드리죠. 광선을 쏘아내는 총 제작
이야 인류의 기술로도 충분할 테니, 원천인 정의의 구만 있으면 대

량생산이 가능할 겁니다.]

외계인은 정의의 구를 선물로 남기고 지구를 떠났다. 사용이야 인류의 선택이었지만, 선진적 징역 시스템을 도입해야 한다는 여론이 강했다.

"우리의 이 구닥다리 징역 시스템을 당장 고칩시다! 모든 형을 정의형으로 바꾸고, 교도소를 없애버립시다!"

물론 반대 의견도 많았다.

"징역이 사라지면 범죄자들이 죄를 짓고도 멀쩡히 돌아다닌다는 건데, 그럼 피해자들의 분노는 누가 달래줍니까? 교도소는 사회 격리라는 징벌적 요소도 있는 겁니다!"
"아무리 정의가 좋다지만, 사람의 인성을 강제로 바꾸는 게 오히려 인권침해 아닙니까? 강제로 정신을 조작하다니, 너무 끔찍합니다!"

그러나 대세를 거스를 순 없었다.

"교도소의 목적은 징벌이 아니라 교화 및 갱생입니다! 교화를 통해 재범을 막는 게 가장 큰 목적이란 말입니다. 징역을 살고 나온 범죄자들의 재범률이 얼마나 높은지 아십니까? 그들이 만약 정의로워진다면 재범은 사라질 겁니다. 게다가 그들을 향한 사회의 시선도 지금과는 완전히 달라져, 그들이 자포자기하지 않고 제대로 된 인생을 살 수 있게 해 줄 겁니다. 교도소는 정말 문제점이 많은 시설입니다. 유지 관리비의 문제는 둘째 치고, 교도소가 오히려 범죄자를 만드는 소굴이 될 수 있습니다. 교도소가 왜 학교라 불립니까? 범죄자들끼리 인맥이 생기기 때문입니다. 범죄자를 모아두면 결국 더한 범죄의 연쇄가 일어날 뿐입니다."

"사람의 인성을 강제로 바꾸는 건 끔찍하다고 할 수 있죠. 하지만 그렇기에 처벌이라는 측면에서, 징역과 교환비가 맞는 것 아닙니까?"

흐름에 휩쓸린 국가 하나가 정의형을 시행했다.

가장 먼저, 교도소 해체라는 상징성을 위해 모든 교도소의 범죄자들이 정의 광선을 맞고 풀려났다. 효과는 놀라웠다. 자신의 들키지 않은 죄를 자백해서 형량이 늘어나는 경우도 있었고, 알고 있는 범죄를 신고하여 처벌받지 못한 죄인들이 줄줄이 드러나기도 했다. 게다가 뜻밖의 효과도 있었는데, '정의로워진 이가 법적으로 거짓말을 할 리 없다'는 사실 때문에 억울하게 누명을 쓴 이들의 무죄가 드러난 것이다. 인류가 꿈에 그리던, 무고한 피해자가 없는 법이 가능해졌다.

사람들의 호응을 일으킨 건 이런 것들만이 아니었다. 사회로 풀려난 재소자들의 정의로움이 무척 만족스러웠다. 정의를 위해 나서는 이가 없는 삭막한 요즘 세상에서, 불의를 참지 못하는 그들의 존재는 귀했다.

누군가 길에 쓰레기를 버릴 때 버럭할 수 있는 사람, 무단횡단을 야단칠 수 있는 사람, 지하철 성추행범을 제압하고 증언해줄 수 있는 사람, 담배 피우는 학생을 계도할 수 있는 사람, 그들이 바로 재소자들이었다. 심지어 그들의 험악한 인상 덕분에 효과도 탁월했다. 또한 그들은 가장 믿을 수 있는 직원이다. 사장이 돈 통을 맡기고 자리를 떠날 수 있는 직원 말이다. 예전에는 전과자의 취업이 힘들었다면, 지금은 정말 쉬웠다. 취업이 힘들어 다시 범죄의 유혹에 넘어가던 악순환이 사라지며 진정한 갱생이 이루어졌다.

교도소의 성공적인 해체를 시작으로 모든 범죄의 징역이 정의형으로 대체되었다. 그즈음 정의 광선을 통한 연쇄 고발

효과는 기득권의 중심부까지 뻗어갔다. 유명 대기업의 회장과 정치인까지 정의광선을 맞게 되자, 엄청난 부정부패와 비리들이 드러났다. 국민들은 상상도 못 했을 정도로 충격적인 내용이었지만, 그래도 앞으로는 사라질 것들이라며 달랬다. 물론, 분노한 국민들은 기득권 계층이 정의광선을 피하지 못하게 해달라고 요구하고 압박했다. 유전무죄 무전유죄도 통하지 않았다. 뇌물을 받았던 이들도 모조리 폭로 당했다. 정의형 하나를 도입하는 것만으로 국가가 진통했다. 지금은 아프지만, 크게 성장할 수 있는 개혁통 말이다.

이렇듯 좋은 효과만 있을 것 같은 정의형의 단점은 명확했다. 피해자의 분노다.

"음주운전으로 내 아들을 죽인 저 새끼가 멀쩡히 돌아다니는 게 말이나 됩니까! 호프집에서 술을 마시고, 노래방에서 노래를 부르고!"

"날 추행한 그 자식이 지금 식당에서 고기를 구워 먹고 있다고요!"

"학교폭력으로 한쪽 시력을 잃었죠. 정의로워진 그놈의 사과가 진심이라는 건 알지만, 이렇게 용서하고 싶지 않다고요! 그놈도 나만큼 괴로웠으면 좋겠습니다!"

범죄 피해자들은 징벌이 없는 법을 받아들일 수 없었지만, 피해 당사자가 아닌 대다수는 정의형을 옹호했다.

　"엄벌주의는 구시대적인 방식입니다. 세계적으로 엄벌주의 국가보다 교화주의 국가의 재범률이 훨씬 낮습니다."
　"모면하기 위한 거짓말이 아니라 진짜로 반성하고 있지 않습니까? 심정은 이해하지만, 눈에는 눈, 이에는 이를 고수하면 세상에는 장님만 남습니다."
　"범죄자에게도 인권은 있습니다. 인간이 인간의 신체를 구속할 권리는 없습니다."
　"이 험한 세상에서 정의롭게 살아야 한다는 것도 어쩌면 처벌이지 않겠습니까?"

　학자들은 사람들이 정의형을 옹호하는 가장 큰 이유로, 그만큼 사람들이 정의에 목말라 있었음을 들었다.

　"돈 많다고 처벌을 피해가지 않고, 내부신고자가 불안해할 필요 없고, 정의를 말했을 때 '너 잘났다', '병신' 소리 듣지 않는 세상. 그것을 원하는 겁니다."

사람들이 바라던 대로 정의가 범람했다. 양산된 정의총의 사용이 가벼웠기 때문에 더 그랬다.

　"글쎄요. 혐의를 부인하고 계시는데, 아니라면 정의총이 증명해줄 겁니다. 복잡하게 경찰서 왔다 갔다 하시는 것보다 현장에서 그렇게 하시는 게 가장 간단하지 않겠습니까? 형량 1일짜리로 쏴드리겠습니다."

　그러면 대부분의 사람은 수긍할 수밖에 없으니, 범죄자 검거와 처벌이 거의 실시간으로 이루어지는 것이다. 정의형을 받은 인간이 늘어날수록 극단적으로 범죄율이 낮아졌다. 결과가 말을 해주니, 사람들은 정의형과 복역자들을 대환영했다. 다만, 시간이 지날수록 드러날 수밖에 없는 문제점이 하나 있었다.

　"김군아, 너 정의형 징역이 얼마나 남았지? 정의 효과가 끝난 뒤에도 널 계속 써야 할지가… 글쎄다."
　"오빠가 좋은 사람인 건 알지만, 정의형이 끝나면 솔직히 내 마음이 어떨지 모르겠어."

어딜 가나 환영받던 복역자들의 유일한 단점은 바로, 징역 만기였다. 지금이야 정의총 효과로 100% 믿을 수 있지만, 징역이 만기 되면 다시 범죄자의 인성으로 돌아갈 것이 아닌가?

실제로 정의형 복역자들이 만기를 겪고 다시 범죄를 저지르는 일이 잦았다. 욕망 때문이 아니라,

"제가 평생 살면서 그런 믿음과 대우를 받아본 적이 없었습니다. 저는 다시 정의형을 당해야만 합니다!"

"도둑질을 해서 죄송합니다. 근데 여자친구가 이러지 않으면 헤어지겠다고 해서… 그래선 안 됐는데 참 죄송합니다."

이렇다 보니 만기가 만기가 아닌 상황이 많았다. 만성적인 정의형 복역자들이 늘어나자, 일반인들의 처지가 우스워졌다.

"아오, 정의형 복역자한테 밀려서 면접을 몇 번이나 떨어지는 거야!"

"미안하네만, 그 직책은 역시 믿을 수 있는 사람에게 맡겨

야 하지 않겠나?"

"네 남자친구 또 나이트 갔다가 걸렸다며? 남자친구 감으로는 정의형 복역자가 최고야. 절대 바람 안 피우고, 도박 같은 허튼짓도 안 한다니까?"

"아유, 201호네 아들은 어린 나이에 정의형 복역 중이라네요, 글쎄. 술, 담배도 안 하고 어찌나 부모님 말씀을 잘 듣는지."

정의형 복역은 가장 훌륭한 스펙이었고, 일부러 범죄를 저지르는 이들까지 생겼다. 또 양산된 정의총이 암암리에 돌아다니기 시작하면서, 아예 죄 없이 정의총을 맞는 방법도 생겼다.

"정의총 불법 사용의 죄로 정의형 처벌을 받으면 되는 것 아닌가?"

눈 가리고 아웅 식이었지만, 정의형 복역자들은 기하급수적으로 늘어났다. 몇 년이 지났을 때, 전 국민의 대다수가 정의형 복역자가 되어 있었다. 그 나라는 세상에서 가장 부정부패가 없었고, 가장 범죄가 없었고, 가장 치안이 좋았고, 가장 자살률이 낮았고, 가장 관광객이 많이 왔고, 가장 거리가 깨끗했고, 가장 국민 만족도가 높았고, 가장…

이 나라에서 소수가 되어버린 누군가들에게는, 너무나도 큰 의문이 하나 있었다.

"사람의 본성을 강제로 조절하다니 정말 끔찍한 나라다. 궁금한 것은, 그런데 왜 이 정의로운 사람들이 이 정의롭지 않은 사태에는 반응하지 않는가? 외계인이 애초에 그렇게 만든 것인가, 내가 틀린 것인가."

고르고 고른 인재들

인류의 최고 인재들을 태운 우주선의 앞을 외계인이 가로 막았다.

[온몸이 위장으로 이루어진 우리 종족은, 전 우주를 돌아다니며 모든 종족의 맛을 보는 게 삶의 이유다. 지구인은 아직 먹어본 적이 없으니, 한 명만 먹어보고 나머지는 보내주겠다.]

"헐!"
"미친!"

사람들은 최후의 저항으로 방어 시스템을 발동했지만, 뚫리는 건 시간문제였다. 어쩔 수 없이 한 명을 희생하는 수밖에 없을 것 같았다.

문제는 우주선에 타고 있는 그들이 모두 중요한 엘리트들이란 점이었다.

그들은 테라포밍이 진행된 지 얼마 안 된 별에서 요청한, 고르고 고른 인재들이었다. 일종의 사명을 지고 있었기에 누구 하나 쉽게 희생시킬 수가 없었다.

어떻게 1명을 고를 것인가? 그 토론이 시작되었다.

김남우가 말했다.

"제비뽑기밖에 방법이 없지 않습니까?"

그러나 최무정이 고개를 저으며 반대했다.

"우리의 목적을 잊었습니까? 우리는 보그나르 별에서 생길 모든 문제에 대해 합리적인 결정을 내리기 위해 파견된 사람들입니다. 운에 맡기는 것보다, 누가 더 가치 있는지로 결정하는 게 합리적입니다. 별의 미래를 생각해야 합니다."

"그럼 누가 더 가치가 있는지는 어떻게 정합니까?"

"능력검정시험 점수밖에 없지 않습니까? 점수가 가장 낮은 사람을 자르는 게 합리적입니다."

"…"

김남우의 얼굴이 딱딱하게 굳었다.

능력검정시험! 그것은 그들의 어린 시절을 지배하던 단어였다. 대부분 인간의 미래는 그 점수로 결정되었고, 이들 또한 우수한 점수를 냈기에 현재 지도자 코스를 밟으러 가는 길이었다.

이들 중 가장 점수가 낮았던 김남우는 크게 반발했다.

"그건 공평하지 못합니다! 점수가 낮다고 죽어야 한다는 게 말이나 됩니까!"

"대의를 생각하면 그게 합리적인 겁니다. 좀 더 능력 있는 사람이 살아야 그 별을 더 발전시킬 것 아닙니까?"

"그게 얼마나 차이가 난다고!"

"하지만 차이가 나는 것은 분명합니다. 합리적인 선택을 합시다."

"합리적인 선택은 무슨! 공평하지 못하단 말입니다!"

김남우는 억울했지만, 최무정의 논리는 냉정했다.

"왜 공평하지 못합니까? 우리는 모두 같은 시험을 보지 않았습니까? 능력검정시험은 가장 공평한 시험입니다."

"그러니까 그게 지금 이 상황하고 무슨…"

"크게 보면 다를 것 없습니다. 높은 점수를 내지 못하면 인생에 실패하는 시험입니다. 인정하지 않습니까? 높은 점수를 받은 사람들은 성공한 인생을 살고, 낮은 점수를 받은 사람들은 패배자가 되어 사는 것. 그것을 한정적으로 적용하면 지금 이 상황도 마찬가지입니다. 높은 점수를 받은 사람들은 살아남고, 낮은 점수를 받은 사람이 패배자가 되는 것."

"…"

"우린 고르고 고른 최고의 인재들입니다. 별에서는 당연히 최고의 인재를 필요로 하며 기다리고 있습니다. 최선을 다해서 그에 부응하는 게 합당하지 않겠습니까?"

김남우는 어이가 없는 얼굴이었지만, 그를 제외한 나머지는 입을 닫고 있었다. 최무정의 주장이 옳은지 그른지는 차

치하고서라도.

김남우는 끓어오르는 화를 애써 참으며 말했다.

"애초에 능력검정시험 자체가 불공평한 시험입니다."

"그게 무슨 소리입니까? 모두가 똑같은 시험을 봤는데 불공평이 왜 나옵니까? 이 불공평한 세상에서 유일하게 오직 능력만으로 평가하는 시험인데."

"그거야 당신들 지구 출신의 기준이지요. 저처럼 가난한 콜로니 출신과 당신들 지구 출신은 출발점이 다릅니다."

"지구나 달의 콜로니나 교육은 같습니다. 능력검정시험은 오직 개인의 능력이지, 돈의 문제가 아닙니다."

김남우는 정색하고 고개를 흔들었다.

"아니요. 출발선은 분명히 다릅니다. 좋은 학교는 좋은 동네에 있습니다. 좋은 선생님도 좋은 동네에 있습니다. 내가 나고 자란 동네에는 없습니다. 교재 하나를 사더라도 당신들은 식료품과 교재를 놓고 고민할 필요가 없지 않습니까? 일하는 시간과 공부 시간을 놓고 고민할 필요도 없지 않습니까? 이게 어떻게 공평할 수가 있습니까?"

미간을 찌푸리던 최무정은 반박했다.

"그것은 평계입니다. 실제로 저번 시험의 1등은 콜로니 출신이었습니다. 환경의 탓이라면 이런 결과가 나올 수가 없지 않습니까?"

최무정은 지구 출신들을 손으로 가리키며 말했다.

"출신 때문에 불공평하다고요? 그 생각이 오히려 역차별 아닙니까? 지구에서 태어나고, 콜로니에서 태어난 건 우리가 선택할 수 있는 게 아니었습니다. 그냥 그렇게 태어났을 뿐입니다. 지구에서 태어난 게 우리의 잘못입니까? 주어진 조건에서 서로 똑같은 노력을 했음에도 불구하고, 우리가 선택할 수 없는 출신 때문에 당신에게만 특혜를 줘야 한다는 건, 너무 불합리한 일 아닙니까?"

김남우는 이를 악물었다.

"특혜를 바라는 게 아닙니다! 능력검정시험이 모두에게

공평한 건 아니라는 걸 알아달라는 겁니다! 그러니 그런 것을 기준으로 삼을 순 없습니다. 오히려 그것을 기준으로 삼을 것이라면, 안 좋은 조건에서 좋은 성적을 낸 제가 더 우수한 사람이라고 봐야 하는 것 아닙니까?"

"사과가 다섯 개 든 바구니보다는 사과가 여섯 개 든 바구니가 더 중요한 겁니다. 그 전에 사과가 한 개였든 두 개였든 중요하지 않습니다."

둘의 대립은 결코 답이 안 나오는 이야기였다. 결국에는 다수결일 수밖에 없는데, 김남우가 과연 자신의 편을 만들 수 있을지 미지수였다.

그때,

[다 뚫었다.]

"헉!"

외계인이 우주선 내부로 침입했다.

모두가 잠깐 당황했지만, 의외로 인간과 거의 똑같이 생긴 외계인의 모습은 대화의 여지가 있어 보였다.

최무정이 얼른 김남우보다 앞으로 나섰다.

그러나 말할 기회는 없었다.

일순간, 외계인의 발, 무릎, 허벅지, 손, 팔꿈치, 어깨, 각 부분이 상상할 수 없을 만큼 앞으로 늘어나더니, 각 부위가 이빨을 드러내며 모두를 하나씩 삼켜버렸다.

[다 똑같은 맛이네.]

모두를 삼킨 외계인은 그 자리에 석상처럼 굳었다.

그 안, 공간의 개념이 다른 것 같은 외계인의 내부에서는 놀라운 일이 벌어지고 있었다.

"뭐, 뭐야 이거?"

외계인의 내부는 마치 또다른 우주 공간 같았다. 인간의 형태를 유지하고 있는 검은 장막 같은 우주 공간.

잡아먹힌 사람들은 거대한 외계인의 몸속에 뿔뿔이 흩어져 있었다. 발, 무릎, 허벅지, 손, 팔꿈치, 어깨.

어떻게 그 작은 외계인의 몸속에 이런 공간이 있을까? 사람들은 이해할 수 없었지만, 이해할 시간도 없었다.

[나는 아까 하나만 먹는다고 약속했고, 너희 중 가장 약한 개체를 소화할 것이다. 내 머리 쪽에 출구가 있으니 선착순으로 탈출하라.]

상식적으로 이해할 수 없는 상황이었지만, 고르고 고른 인재들은 역시 달랐다. 상황을 파악하기보다, 본능적으로 머리를 향해 전속력으로 달렸다.

숨도 쉬지 않고 달리는 그들 중에, 발끝에서 시작한 최무정만이 외쳤을 뿐이다.

"잠깐! 같이 출발하자고! 이건 불공평해! 시작점이 다르잖아!"

에헴 씨

에헴 씨가 언제 어디서 어떻게 왜 나타난 것인지는 아무도 모른다. 헛기침과 함께 나타난 그가 최초로 사건을 일으킨 곳은 아마, 어느 유명 시내의 노점상이었다.

그날, 떡볶이 노점상은 에헴 씨를 외국인 관광객이라 생각했던 것 같다. 에헴 씨는 검은 갓을 쓰고 있었지만, 머리카락은 금발이었다. 새하얀 피부에 코가 크며 눈이 깊었지만, 검은 이방 수염을 달고 있었다. 키가 작고 어깨가 좁고 머리가 너무 커서 얼핏 외계인에 가까워 보이기도 했다. 입맛은 한국인인지, 노점상에서 어묵 꼬치를 사 먹은 에헴 씨는 매우 만족했다.

"에헴! 어묵이 참 맛있구나!"

에헴 씨는 당연하다는 듯이 반말로 가격을 물었고, 노점상은 대답했다.

"두 개 만 원입니다."

그 순간, 에헴 씨의 새하얀 피부가 시뻘겋게 달아올랐다.

"뭐야! 어묵 두 개에 만 원? 이놈이 어디서 이런 바가지를 씌우려 드느냐! 에헴! 여봐라!"

에헴 씨가 외치자마자, 어디서 나타난 것인지 모를 에헴 군대가 몰려왔다. 수백에 달하는 그들은 에헴 씨와 쌍둥이처럼 똑같이 생겼지만, 키가 머리 두 개만큼은 컸다.

"정당하게 장사할 때까지 장사는 못 할 줄 알 거라! 에헴!"

에헴 씨의 선언은 정말이었다. 에헴 군대는 거리의 노점상들을 모조리 둘러싸고 아무도 접근하지 못하게 했다. 당연히 경찰이 출동했지만, 에헴 군대를 끌어내는 건 불가능했다. 테이저건을 맞고도 그저 가려워만 하는 이들을 어떻게 막겠는가.

노점상 주인들이 다시 장사를 할 수 있는 방법은 에헴 씨의 말을 따르는 수밖에 없었다.

"에헴! 바가지 씌우지 않고 합리적인 가격을 받겠느냐?"

노점상들은 그러겠다며 다시 장사를 시작할 수 있었지만, 예전처럼 정당하지 못한 장사는 불가능했다. 예컨대, 바가지라도 씌울라 치면 어디선가 암행 에헴 어사가 나타났다.

"이노옴! 감히 약속을 어기다니! 저놈을 매우 쳐라! 에헴!"

노점상들은 에헴 씨와의 약속을 지킬 수밖에 없었다.

에헴 씨의 등장은 전국적으로 엄청난 충격이었다.

"에헴 씨의 정체는 도대체 뭐야? 사람이야, 괴물이야?"

"어디서 저런 똑같이 생긴 것들이 나타난 거지? 손오공 머리털이야, 백팔요괴야, 뭐야!"

"외계인 아닌가? 외계인 아니면 저게 말이 되나?"

수많은 추론이 있었지만 명확하게 설명하지 못했다. 그래도 에헴 씨의 정체성은 금세 밝혀졌다. 에헴 씨가 여름 휴가지로 유명한 어느 계곡에 나타났기 때문이다. 계곡에서 불법으로 자릿세 영업을 하는 식당들이 에헴 씨를 맞이해야 했다.

"뭐야? 자릿세? 금수강산에 자릿세가 어디 있느냐! 이 계곡이 네 계곡이더냐? 네놈들에게는 땅도 아깝다! 에헴!"

에헴 씨가 헛기침을 하자마자, 식당들이 통째로 공중에 떠올라버렸다. 하늘 구경을 하게 된 가게 주인들은 기둥을 붙잡고 비명을 질러댔다. 그들을 향해 에헴 씨가 말했다.

"에헴! 앞으로는 자릿세 타령하지 않고 정당하게 장사하겠느냐?"

"아이고! 여름 한 철 장사하는 건데 한 번만 봐주십시오!"

"여름 한 철? 남들은 다 사계절 일하는데 왜 여름만 일하느냐? 이런 이런! 더 높이 올라가거라! 에헴!"

에헴 씨의 정체가 무엇인지는 모르지만, 이런 사건들 때문에 에헴 씨에 환호하는 이들이 많았다. 사람들은 에헴 씨를 보며 오랜만에 속 시원한 기분을 느꼈다.

"에헴 씨가 이번에 계약직만 쓰다 버리는 기업에 들어가서, 사람 귀한 줄 모른다고 회사를 무인도로 옮겨놨다던데?"

"에헴 씨가 성추행범들 손을 자기 궁둥이에 붙여버렸대!"

"이번에 갑질 논란 사건 있잖아? 그 양반 에헴 씨한테 걸려서 지금, 입에서 말 대신 옹알이 밖에 안 나온대!"

하나 아무리 환호하는 행보일지라도 정부에서 가만히 놔둘 순 없었다. 에헴 씨를 막기 위해서 처음에는 경찰이, 나중에는 군대까지도 동원되었다. 그러나 에헴 씨를 막는 건 불가능했다. 오히려 더 기세등등해졌다.

"에헴! 나라를 지킬 군인들 장비가 왜 이러느냐? 나 하나를 막지 못하다니, 국방비는 다 어디로 새는 것이냐? 내 이 놈들을 그냥! 에헴!"

방산 비리에 연루된 자들은 플라스틱 숟가락으로 산 하나를 파야 했다.

도대체 에헴 씨의 이 무한한 능력은 무엇일까, 그 답은 뜻밖의 곳에서 밝혀졌다.

"에헴 씨가 나타난 곳들 보면 말이야. 전부 여기 게시판에서 나왔던 얘기들 아니야?"

어느 사이트의 베스트 게시판에서 나온 말이었다. 그곳에 올라왔던 글 중에, 모두가 분노했었던 사건들에 에헴 씨가 차례대로 나타났다는 주장이었다. 날짜별로 조회를 해보니, 노점상 사건부터 시작해서 기가 막히게 똑같은 순서로 진행되고 있다는 게 밝혀졌다.

"이 게시판에서 사람들이 분노하는 마음이 모이면, 그 에

너지가 에헴 씨라는 존재로 나타난다는 건가? 만약 다음 순서가 채용 비리 사건이면 이건 백 프로다."

그 말대로, 에헴 씨는 채용 비리 기업에 나타나서 헛기침했다.

"뭐야? 능력 상관없이 어차피 정해져 있었으면 개나 소나 뭔 상관이더냐? 에헴!"

기업의 모든 일터에 개들이 몰려와서 업무를 빼앗아갔다. 물론, 앞발로 컴퓨터를 두드리는 개가 일을 제대로 할 리가 없다.

사람들은 환호했다. 에헴 씨가 정말로 그 게시판에서의 염원이 만들어낸 존재라는 게 밝혀지자, 게시판이 마비가 될 정도로 수많은 이들이 몰려들었다. 세상에 화가 나는 일이 이렇게 많았을까, 에헴 씨의 출몰을 요하는 글들이 수천 수만 개가 올라왔다. 다만, 그 모든 글이 꼭 옳지는 않았다. 국가대표 선수 누구를 그만두게 해달라든지, 정치인 누구를 북한으로 보내버리라든지, 대학교 기숙사 건립을 막아달라

든지, 연예인 누구를 그만두게 해야 한다든지 하는 글들도 많았다. 그런 부분 때문인지, 그날 바로 정부에서 게시판을 폐쇄해버렸다.

사람들은 갑작스러운 게시판 폐쇄에 크게 반발했다.

"뭐야? 게시판을 왜 막아! 그동안 에헴 씨는 분별력이 있었다고!"

"에헴 씨가 처리하기 전까지 손 놓고만 있었던 나라에서 무슨 권리로 게시판을 막는 거야?"

"게시판을 다시 열어라! 지금 쓰레기들이 얼마나 많은데!"

게시판 폐쇄 이후 에헴 씨는 정말로 등장하지 않게 되었다. 사람들은 광장에 나와서 시위를 할 정도로 게시판의 부활을 외쳤지만, 정부는 법체계와 절차 그리고 위험성을 따져서 반대했다. 다른 게시판을 만들어서 에헴 씨의 부활을 노리는 사람들도 있었지만, 통하지 않았다. 사람들이 아무리 화가 나는 사건들을 적어도 에헴 씨는 다신 나타나지 않았다.

사람들은 몹시 아쉬워했지만, 사람들이 눈치채지 못한 것이 하나 있었다.

"에헴! 에헴! 으, 매워! 난 매운 거 정말 못 먹겠더라."

"방 청소 좀 해라, 먼지가 뭐 이리 심하냐? 에헴!"

"에헴! 오늘 같은 날 치맥 달려야지?"

사람들은 뒤늦게, 갓난아기의 기침 소리가 '에헴!'이라는 것을 보고 눈치챘다. 사라진 에헴 씨의 저주인지, 전 국민의 기침 소리가 '에헴!'으로 통일되어 있었다. 그리고 사람들은 모든 불의에 앞다퉈 말했다.

"이건 좀 아니지 않나요? 에헴!"

작가 노트

성공한 인생

주인공은 귀신에게 하루라는 시간을 내주는 것으로 성공을 하나씩 얻어냅니다. 좋은 대학에 가고, 공무원 시험 합격하고, 아이돌과 결혼하고. 지금 사람들이 말하는 성공한 인생이란 걸 사실상 주인공이 이루었습니다. 그런데 마지막을 보시면, 과연 주인공의 인생이 성공한 인생이 맞을까란 의문을 느낄 것 같아요. 지금 우리가 말하는 성공한 인생이란 것들이 어쩌면 이럴지도 모릅니다.

현대인들은 성공하기 위해서 지금을 너무 희생하잖아요. '너 지금 고생하는 건 나중에 잘 되기 위해서니까, 지금 고생 열심히 해야 돼'라고 하는데, 사실 전 지금도 행복했으면 좋겠거든요. 미래를 위해 희생하는 지금도 똑같은 내 인생인데, 조삼모사가 아닌가 싶은 거죠. 물론, 지금 좀 고생

해서 성공하는 게 보편적으로 정답일 수 있고, 잘살면 좋은 게 맞는데, 저는 미래를 위해 지금을 희생하는 것에 대해서 약간의 거부감이 있어요. 지금도 그냥 즐겁고 그렇게 사셨으면 좋겠는데 아깝잖아요.

그래서 시간을 조금씩 포기하면서 성공해가는 주인공의 모습을 그려봤습니다. 귀신의 제안을 굉장히 매력적으로 구성했죠. 이런 조건이라면 사람들이 흔들릴까 궁금했는데, 제 경우엔 하루 정도는 내줄까 고민했습니다. 소설 잘 쓰는 귀신이 있다면요. 그런데 얼마 전, 어느 고등학교에 강연을 나갔을 때 이 이야기를 들려주고 귀신에게 하루를 줄 것이냐고 물었는데, 아무도 주겠다는 학생이 없는 거예요. 수능 만점이라고 하는데도요. 야~ 여기 아이들은 참 맑구나 감탄했습니다. 아니면 제가 너무 찌들었는지.

거상의 거래법

사막에서의 물값은 금값보다 비싸단 말에서 아이디어가 시작됐습니다. 상상해봤죠. 나라면 천 원짜리 생수를 사막에서 얼마에 팔 것인가? 물이 필요한 상대가 부자라면, 솔직히 천 원에는 안 팔 것 같았습니다. 저만 쓰레긴가요.

현실에서도 기업의 최우선 논리는 이윤입니다. 기업이니까 그게 당연한 것이라고 이해하지만, 적절한 선을 지키지 못하는 모습이 너무 많이 보입니다. 가령 충분한 양의 신약을 생산할 수 있는데도, 약 값이 떨어질 것을 우려해 소량 생산하는 기업의 행위는 어떨까요? 그로 인해 많은 사람들이 죽는다 해도 자본주의의 논리로 이해해줘야 하는 걸까요?

악마가 말한 거상의 거래법이란, '간절한 사람은 아무리 비싸도 살 수밖에 없으니, 폭리를 취하라!'입니다. 그런 거상의 거래법을 알고 행하는 기업은 악마와 다를 바 없지 않을까요.

이 이야기를 다 쓰고 제가 생각한 결론은 이겁니다. 천 원짜리 생수를 사막에서도 천 원에 팔 수 있는 그런 기업이 많으면 참 좋겠다.

악한 사업

음모론에 자주 등장하는 소재 중 하나가, 세계 경제를 뒤에서 쥐락펴락하는 흑막 가문이 있다는 이야기입니다. 그 이야기를 떠올리며 쓴 「악한 사업」은, 몇몇 소수의 인간이 지구를 다 지배하고 있다는 설정입니다. 실제 현실에서도 상

위 1%의 부자가 전 세계 부의 절반을 차지하고 있다고도 하니까, 그리 말도 안 되는 설정은 아닐 겁니다.

지금 세계를 보면 누군가는 분명 악한 사업으로 돈을 벌고 있습니다. 마약 사업이나 아마존 벌목이나, 아동 노동력 착취, 혹은 아프리카 전쟁으로 이윤을 남기는 사람들도 있고 말입니다. 그런 것과 동급으로, 한국의 노동환경이 담배 한 대 피울 시간도 없을 정도로 이렇게 악한 것은, '혹시 누군가가 뒤에서 5년간 착취하고 있는 것 아닐까? 뒤에 누구 하나가 있지 않고서야 설마…'란 상상을 한번 해봅니다.

얼굴 운동법

몸을 운동하면 몸이 예뻐진다고 합니다. 그럼 얼굴을 운동하면 얼굴도 예뻐지지 않을까? 이런 상상을 해봤습니다. 근데 실제로 얼굴 근육을 열심히 움직여봤더니, 괜히 얼굴 운동법이 없는 게 아니더군요. 주름만 늘 것 같습니다.

이 이야기는 사실, '요즘 시대에 뚱뚱한 건 게으른 거야' 이 말 하나 가지고 써내려간 이야기입니다. 이게 말이나 되는 이야기입니까? 그럼 서울대 못 간 사람들은 다 게으른 겁니까? 게으른 인간이란 모욕을 '널 위해서'란 포장으로 어쩜 그렇게 쉽게 하는지요.

사람들이 참견을 조언이라고 착각하지 않기를 바랍니다.
저 역시도 주의해야겠지만요.

장난감 총

요즘 아이들도 총을 가지고 노는지 모르겠습니다. 저희 때
는 비비탄 총도 가지고 놀았었는데. 아마 요즘 애들은 컴퓨
터 그래픽 속 총을 가지고 놀겠죠? 제가 가장 좋아하는 장
난감도 컴퓨터였습니다. 그 선택은 제가 한 거였죠. 컴퓨터
를 가지고 놀라고 강요하는 어른은 없겠지만, 아무튼요.

이야기 속 교장은 매우 '꼰대'스러운 인물입니다. 남자는
총, 여자는 인형으로 통일해버리죠. 아이들의 선택권을 무
시하고 성 역할을 강요하고 있습니다. 꼰대 교장은 그런 행
위를 어떻게 생각했을까요? 효율적인 일처리? 어쩌면, 남
자다운 남자 여자다운 여자로 키우기 위한 적절한 교육이
라고 만족했을지도 모릅니다. 그래서 장난감 가게 양양양
씨는 말해준 겁니다. 자라나는 아이들에게 강제로 성향을
주입하는 것은, 아이들에게 실제 권총을 쥐어주는 것과 다
를 바 없이 위험한 짓이라고 말입니다.

그리고 학생은 권총을 뜯지 않았죠. 이미 요즘 아이들은 모두 자기 의사가 분명합니다. 그걸 입맛에 맞게 휘두르지 않는 것이 어른의 역할이 아닐까요.

파업의 원인

노동자들이 부당한 대우를 받아 파업하는 뉴스 같은 걸 접해도, 사실 크게 안 와닿거든요. 당장 제 일이 아니니까요. 그런데 당장 내일도 써야 하는 의자 같은 게 파업을 한다면 내 일처럼 와닿지 않을까란 생각이 들었습니다. 실제로 우리 일상에서 접하는 모든 것들이 사실 누군가의 노동을 거친 결과이거든요. 의자는 물론이고, 기사님의 인력이 들어가는 대중교통 서비스도 우린 너무 당연하게 생각하잖아요. 평소에 당연하게 생각하던 것들이 당연하지 않게 되면, 좀 더 와닿고 이해되지 않을까요.

파업에는 다 이유가 있잖아요. 근데 그 원인 제공자들은 그 파업의 원인을 인정하지 않고, 끽해야 하는 말이 '배가 불러서 그래!'입니다. 이제는 그런 말이 나오지 않아야 하는 시대이지 않나 싶습니다. 이야기 속 주인공처럼, 원인 파악을 못해서 그런 결말을 맞지 않도록요.

드림 카지노

제가 만약 이야기 속 세상에 산다면, 매일 밤 베개 밑에 100원을 놓고 잘 겁니다. 드림 카지노의 편의시설을 마음껏 즐기고 싶어요. 그런데 그러다가 혹시 카지노에 홀려서 패가망신하지 않을지 장담할 수 없네요. 제가 술, 담배를 안 하는 이유는 중독되면 끊을 자신이 없기 때문이 큽니다. 도박 중독은 정말 무섭습니다. 여러분 도박하지 마세요. 무서워요.

2인 1조

「2인 1조」는 나름 관계에 관한 고민으로 썼던 이야기였습니다. 당장 길거리 나가서 마주치는 사람은 흔하잖아요. 그런데 만약 그 사람과 내가 단 둘이 무인도에 떨어진다면 그 사람이 얼마나 소중하겠어요? 세상에 사람이 많다고 사람의 가치를 크게 생각하지 않지만, 관계의 가능성만으로도 하나하나 소중하고, 그 기회의 사회에 내가 속해 있다는 것만으로도 대단한 서비스를 공짜로 이용중이란 생각이 듭니다.

사실 「2인 1조」의 설정은 조금 희한합니다. 일단 억지로 붙어 살게 되잖아요. 또 반대로, 다른 사람들은 튕겨내며 사생활을 지키는 거리를 유지합니다. 이게 참 애매한 관점인데, 개개인의 사생활을 지키고 싶지만, 개인과 개인의 관계는 마법의 힘을 빌려서라도 깊게 발전했으면 좋겠다는 모순적인 생각으로 쓰여진 것 같습니다.

옳은 설정은 아니죠. 그래서 외계인이 장난처럼 행한 것이고요.

정의형

이 이야기는 쓰면서도, 다 쓰고 난 뒤에도 정답을 알 수 없었습니다. 과연 강제로 사람들이 정의로워진 세상이 옳을까요? 저는 확신할 수 없었고, 사람들의 생각이 너무나 궁금했습니다. 댓글 좀 달아주셨으면 좋을 텐데.

이야기 속에서는 사람들이 쫓기듯 정의로워지는데, 저는 자연스럽게 세상이 더 좋아지길 바라는 편입니다. 만약 제게 버튼 하나가 있고, 누르자마자 전 세계인이 모두 정의로워질 수 있다고 하면? 저는 누를 것 같습니다. 그러면 더는 세상에 피해자가 생기지 않겠죠. 살인도 없고, 사기도 없고, 폭력도 없고, 누군가 억울해하고 괴로워하는 모습을 더 보지 않아도 된다는 게 정말 좋을 것 같긴 한데, '사람의 인성을 강제로 바꾼다는 게 과연 옳은 걸까'란 의문이 듭니다. 그런데 만약 누군가 내게 정의총을 겨눈다면, 별로 안 맞고 싶습니다. 꼭 맞아야 된다면 맞기 직전에 꼭 한마디 묻고 싶네요.

"저 말고 다른 사람들도 모두 함께 맞는 거 맞죠? 그러면 순순히 맞을게요. 요즘 세상에 정의로운 사람들이 얼마나 손해를 보는데…"

고르고 고른 인재들

「고르고 고른 인재들」은 평등과 공평에 대한 생각으로 썼습니다. 똑같은 시험을 본다는 건 평등하지만, 공평한 건 아닙니다. 출발선이 다르기 때문입니다. 부자 학생과 가난한 학생은 필요한 노력의 총량이 다릅니다. 봐야 할 시험이 똑같으니 같은 조건이라고 말하지만, 가난한 학생이 생계 때문에 어쩔 수 없이 아르바이트를 해야 한다면, 그것이 과연 같은 조건이라고 할 수 있을까요?

스포츠야 경쟁이니까 평등이면 되지만, 공부는 경쟁이 아니었으면 좋겠습니다.

에헴 씨

에헴 씨는 청와대 국민 청원 게시판을 보다가 문득 떠오른 이야기입니다. 거기에 올려도 해결이 안 되는 복잡한 이야기들을, 단순하게 해결해줄 수 있는 존재가 짠 나타났으면 좋겠다는 생각으로 말입니다. 에헴 씨가 정말 속 시원하게 불법적인, 이기적인 사람들을 심판하고 다니는 모습을 상상하며 대리만족을 좀 했습니다.

결말에서 에헴 씨가 사라지면서 전 국민에게 저주를 걸었습니다. 전 국민이 에헴 씨처럼 딴지를 걸고 다니는, 일명 '프로불편러'가 되는 저주였는데, 그 세상은 굉장해질 것 같습니다. 사실 '원래 다 그런 거지'라는 태도로는 세상이 바뀌지 않잖아요. 10년 전이나 지금이나 계곡 불법 영업은 그대로니까요. '이건 아니지 않나요?'라고 말할 수 있는 '프로불편러'들이 세상을 바꿉니다.

다만, 사소한 트집과 상식을 논하는 것은 한 끗 차이입니다. 불평을 위해 불편인지, 상식을 논하는 것인지를 스스로 잘 조절해야겠지요.

성공한 인생

2018년 11월 5일 1판 1쇄 발행
2024년 8월 11일 1판 6쇄 발행

지은이　　　김동식
펴낸이　　　한기호
편 집　　　김민섭, 오효영, 도은숙, 유태선
디자인　　　김경년
일러스트　　　신소희
경영지원　　　국순근
펴낸곳　　　요다
　　　　　　　출판등록 2017년 9월 5일 제2017-000238호
　　　　　　　주소 121-839 서울시 마포구 서교동 484-1 삼성빌딩 A동 2층
　　　　　　　전화 02-336-5675 팩스 02-337-5347
　　　　　　　이메일 kpm@kpm21.co.kr

ISBN 979-11-89099-06-0　03810

SBS 〈SDF 2018 새로운 상식: 개인이 바꾸는 세상〉
ⓒ김동식, SBS